講談社文庫

白石城死守

山本周五郎

講談社

目次

白石城死守

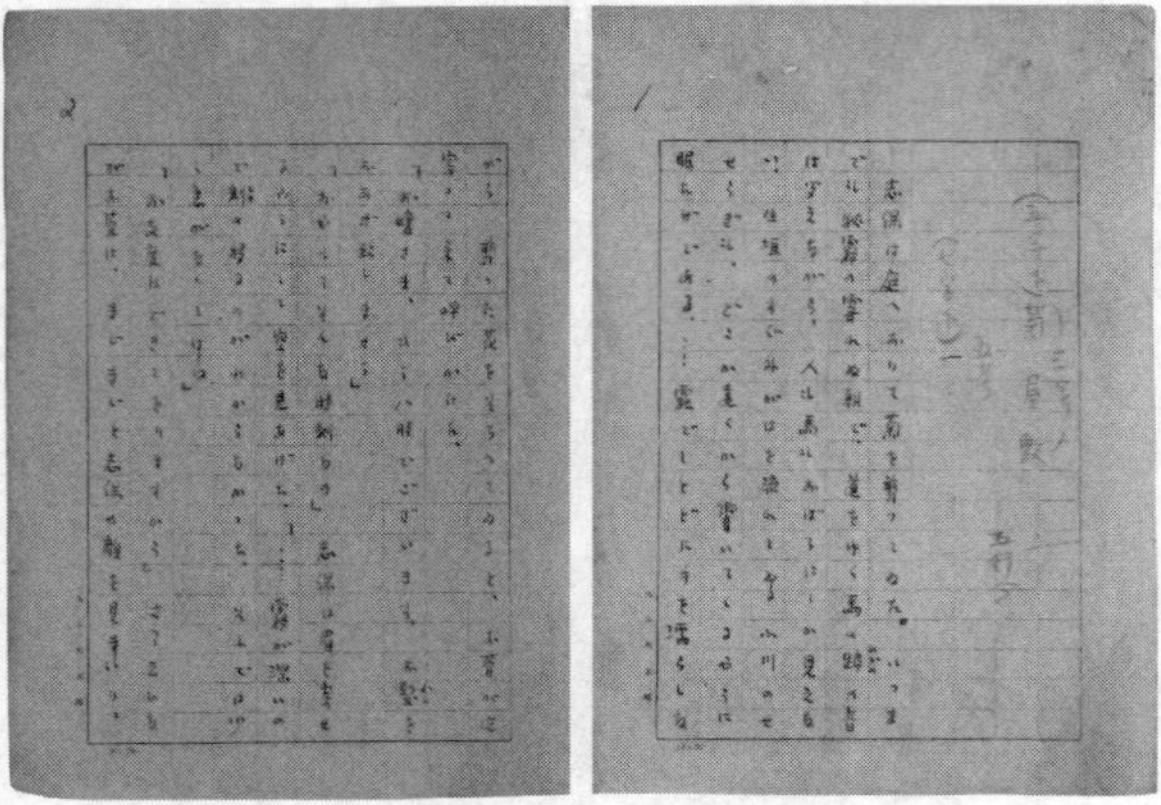

「菊屋敷」の原稿。(講談社蔵)

与茂七の帰藩

一

金吾《きんご》三郎兵衛《さぶろべえ》は「白い虎」と呼ばれている。

三河ノ国岡崎藩の大番頭《おおばんとう》の三男に生れ、昨年の春この彦根藩の金吾家へ婿《むこ》に来た。金吾五郎左衛門《ごろうざえもん》は四百石の御具足《おぐそく》奉行で男子が無かったため、一人娘の松子《まつこ》に三郎兵衛を迎えたのである。……然《しか》し直ぐ婿の気質を見て取った五郎左衛門は、

——当分のあいだ二人で暮すが宜《よ》かろう。

と云って、城へは少し遠かったが、松原の湖畔にある別屋敷を夫婦の住居に与えてやった。……其処《そこ》には僅《わず》かな召使しかいなかったし、殆《ほと》んど近所との往来も無かったので、一年余日は極めて暢気《のんき》に新婚生活を送ることが出来たのであった。

三郎兵衛の風貌《ふうぼう》はどちらかというと女性的であった。色白で眉が細くて、躰《からだ》つきもすんなりとしている、殊《こと》に睫《まつげ》の長い眼許《めもと》や、いつも油を附けているような艶々《つやつや》とした

髪などは、通りすがりの人眼を惹《ひ》くほど美しかった。……ところがその艶冶《えんや》な風貌とは凡《およ》そ反対に、彼の性格はひどく粗暴で峻烈だった。

無論そう云っても、ただ訳もなく粗暴なのではない。彼は中村流の半槍《はんそう》をよくするし、また一刀流の剣を執《と》っては、彦根へ来て半年も経《た》ぬうちに藩の道場「進武館《しんぶかん》」の筆頭の席を占めたくらいであるが、その半槍も刀法も極めて荒く、どんな段違いの相手に向っても遠慮とか加減とかいうものがない。

——武道に手加減があって堪《たま》るか。

理窟は正にその通りだが、彼の峻烈さはその道理を遥《はるか》に越していた。進武館の筆頭となってからは、儕輩《さいはい》を押えているという感じから来る一種の驕慢《きようまん》さが、どうしようもなく彼の態度に表われた。近頃の彼は道具を着けず、素面素籠手《すめんすこて》で道場へ出るようになった。……彼が袴の股立も取らず、竹刀に素振をくれながらまん中へ出て来て、

——さあ誰か来い、稽古をつけてやる。

と喚《わめ》く姿は実に颯爽たるもので、綽名《あだな》の「白い虎」という意味がぴったり当っていた。

——高慢な面だ。

——新参者の分際でのさばり過る。

——いちど音《ね》をあげさせてやれ。

そういう嫉視《しっし》と反感が集って幾度か腕力沙汰があった。然しその度に辛き目をみるのは挑んだ方の連中で、三郎兵衛はその強さと、胆《きも》の太さで益々藩士たちを圧倒して行く許《ばか》りだった。

斯《か》くて湖畔に初夏が訪れて来たとき、藩士たちが手を拍《う》って喜ぶ事件が起った。

その日。……三郎兵衛が進武館の道場へ出て、竹刀を取ろうとすると、筆頭であるべき自分の物が一段下に下げられ、昨日まで自分のがあった場所に見慣れぬ竹刀が架《か》けてあるのをみつけた。

「誰だ、こんなことをしたのは」彼は振返って叫んだ、「金五郎、この竹刀はどうしたんだ。……なぜ黙ってる、誰がしたんだ」

「そ、……それで宜《い》いんですよ」

門人たちの雑用をする少年が怖々と答えた。

「なに、是で宜いんだと、馬鹿め、貴様なにを寝呆けているんだ、十六歳にもなって竹刀の順序も知らんのか、それとも……」

「そうだよ」滝川伝吉郎《たきがわでんきちろう》が意味ありげに立って来た。そして態《わざ》と三郎兵衛の耳に口を寄せながら、「それで宜いんだよ金吾、その上の竹刀はそっとして置くがいい」

「はっきり云え、どうしたというんだ」

「その竹刀には触らぬ方がいい」

「そうだ、そうだ」

向うに並んでいる連中も、それにつけて一斉に云った。

「その竹刀に手を附けてはいけないぞ」

「手を触れば手、足を触れば足が飛ぶ」

「それだけはそっとして置くがいい」

三郎兵衛はぐるっと見廻した。……みんな何か意味ありげな擽《くす》ぐったそうな眼つきをしている、今まで感じたことのない空気だった。

「訳を云え、この竹刀がどうかしたのか」

「帰って来たんだよ」伝吉郎がさも秘密なことを明すように、耳へ口を寄せて囁《ささや》いた、「与茂七《よもしち》が帰って来たんだ」

「何者だと?」

「与茂七だ、斎東《さいとう》与茂七が江戸から帰って来たんだ。貴公がいま『虎』と云われているように、彼は三年前まで進武館の『野牛』と云われていた、乱暴者で喧嘩早くて、高慢で癇癪《かんしゃく》持ちで、いちど怒らしたら血を見るまでおさまらぬという男だ。……いいか金吾」伝吉郎は一層その声をひそめて、「その竹刀は彼のだ、それに触ってはいけない、また彼が出て来たら温和《おとな》しくするんだ、与茂七には構うんじゃないぞ」

「……そうか」

三郎兵衛はにやりと頷《うなず》いた。……そして与茂七のだという竹刀を取ると、道場のまん中へがらがらと抛《ほう》り出して叫んだ。

「誰でもいいから、与茂七という男が来たら拙者に知らせて呉《く》れ、……それから、その竹刀に手を附ける奴は許さんからそう思え」

二

「会うことは出来ぬと仰せられます」

「どうしたんだ、御機嫌ななめか」

与茂七がけろりとした顔で云うのを、家扶《かふ》の仁《じん》右衛《え》門《もん》老人は気の毒そうに見て、

「御立腹ですぞ、なにしろ江戸の事は一々こちらへ通知が来ておりましたからな、一時は叔父甥の縁を切るとまでお怒りでございました」

「誰がそんな余計な世話をやいたんだ。江戸ではずいぶん慎んでいた積りだがなあ」

「貴方の慎むは当になりません、軽部《かるべ》様の腕を折ったり、御老職の玄関で三日も居据《います》わったり、町人共と喧嘩をして七人も怪我をさせたり、牢役人に金を摑ませて罪人の首を斬ったり、……この仁右衛門が伺っただけでも、まだまだ数え切れぬほどございますぞ。是では困ります、是では御立腹が当然でござります」

「ちょッ、誰がそんな、そんな詰らぬ事を一々告げ口しおったんだ。……備後《びんご》か」

「誰でも差支えございません。彦根に置いては駄目だ、江戸へ出して広い世間を見せたら、行状も改るであろうという思召《おぼしめし》でなすった事が、江戸へ出ても同様どころか輪を掛けたお身持ではござりませぬか、こんな有様では」

「いいよいいよ、もう沢山だ」与茂七は手を振りながら刀を引寄せた、「仁右衛門の小言を聴いたって仕様がない、御立腹なら押してお眼にもかかれまいが、……ではおまえから宜しく申上げて置いて呉れ、またお怒りの解けた時分に参上仕ると」

「貴方さえ御素行をお慎みになれば、お怒りは直《す》ぐに解けまする」

「己《おれ》だけ慎んだって仕様がないさ」与茂七は又けろりとして云った、「己だって山猫でも狼でもないから、相手なしに暴れる訳じゃないんだ、幾ら己が謹慎していようと思っても、側《はた》から馬鹿共が来て突つきたてるんだから仕様がない、それでも叱られるのは毎《いつ》も己《おれ》と決ってる、毎も己だ、……小さい時分からそうだった、誰かが泣くとそら与茂七、誰かが木からおちるとそら与茂七、赤ん坊が泣いても己が腕でも捻上《ねじあ》げたと思ってる。……是ではとても凌《しの》ぎがつかないぞ仁右衛門」

「……なるほど、貴方様はいつも、お部屋にじっとしておいでなされましたからな」

仁右衛門は苦笑しながら首を振った。

「全くいつもいつもお机の前で、膝《ひざ》に手を揃えて御書見ばかりあそばしていましたからな、そんな言を云う世間は怪しからぬ次第です」

「もう宜いよ、饒舌《しゃべ》っただけ損をした」

与茂七は立上って、尚も繰返して意見をする仁右衛門と共に玄関へ出た。門を出て、さてどうしようかと迷っていると、いま登城するところと見えて、旧友の榊市之進《さかきいちのしん》が、下郎を従えて此方《こちら》へ来るのをみつけた。……白く乾いた道に、陽はもうぎらぎらと強くなっている、市之進は扇を額《ひたい》にかざしているので、側《そば》へ近づくまで知らずにいた。

「やあ帰ったか、いつ？」

「昨夜だ、遅かったので何処《どこ》へも挨拶に出なかったんだ。いま此処へ来たんだが、……到頭《とうとう》お出入り差止めを食った」

「そうだろう」市之進は笑いもせずに頷いた、「作左衛門《さくざえもん》殿は一徹人だし、貴公はまた、……いや、こんな話を今更したところで仕方がない、今日は早く下城するから拙宅へ来て呉れ」

「よし、鶏を二三羽つぶして行こう、江戸のまずい鶏には弱ったよ、酒を頼むぞ」

「相変らずだな」別れようとして市之進がふと、「是は念のために云って置くのだが、金吾の松子さんに婿が来たのを知っているか」

「……松子に婿が」

与茂七の額がすっと白くなった。……市之進はその白くなった額から眼を外《そ》らして、

「岡崎の大番頭の三男で三郎兵衛という、来てから一年とちょっとになるが、今ではすっかり進武館の筆頭を押えている、少し烈《はげ》し過ぎるのが難だが頭も良いし、……金吾殿も松子さんも満足のようだ」

「そうか、……それは。いい婿がみつかって、よかったな」

「貴公も祝ってやるべきだな」

そう云って市之進は別れた。

与茂七は射《さ》しつける日光が眩《まぶ》しいのであろう、眉の上へ手をかざしながら、暫《しばら》く途

方に暮れたような足取りで歩いていた。……日に焦《や》けた健康そのもののような頰に、髭《ひげ》の剃り跡が青々としている、眉太く鼻大きく、ひき結んだ唇は強情我慢を絵に描いたようだ。

斎東の家は彦根藩でも出頭の家柄であった、彼は父茂右衛門《しげえもん》の末の子であったが、上の兄姉が三人とも夭折《ようせつ》したので、ひどく我儘《わがまま》に甘やかされて育った。そのためばかりでもあるまいが、もう四五歳の頃から腕力では群を抜き、「斎東の悪童」と云って、彦根中の親たちから眼の敵《かたき》にされ始めた。

三

九歳のとき母を喪《うしな》い、十三で父を亡くした彼は、二十一歳の秋まで叔父の当麻《とうま》作左衛門《さくざえもん》に引取られて育った。……然しそうした境遇に在りながら、彼の持って生れた明けっ放しな性格と、その不屈な負けじ魂とはいささかも変らず、寧《むし》ろ益々増長するばかりだった。

彼は力が強く、また武芸には天才的な才能を持っていた。なにしろ十八の年から二十五歳で江戸へ去るまで、進武館の筆頭として代師範を勤め通したくらいであるが、その反面には「斎東の悪童」とよばれた本領を遺憾なく発揮して、良い意味にも悪い意味にも、彦根藩の圧倒的存在になった。……当麻作左衛門はずいぶん骨を折って甥の性格を撓《た》め直そうとしたが、結局は違った世間を見せて、詰りもっと烈しい人生の風に当ててやるより仕方がないと考え、彼を江戸詰にしたのである、けれど其処《そこ》でも彼の奔放な性格を抑えつけるものはなかった。寧ろ狭い池から海へ放たれた鯱《しやち》のように、羽を伸ばして存分に暴れ廻ったのである。

三年のあいだに「御叱り」を受けること四度、謹慎を命ぜられること五度という、活《いき》のいいところを見せて、再び帰って来たのであった。

「さて、……」与茂七は辻へ来てふと立止った、「それでは金吾へは行けずか、……叔父殿御立腹で当麻は門止めと来た、こいつは帰来風雪厳しというやつだぞ。……仕様がないから進武館でも見舞うか」

彼は辻を右へ曲った。

進武館では竹刀の音が元気に響いていた。……彼は別棟になっている師範の住居を訪れ、恩師鈴木中通《すずきちゆうどう》に帰藩の挨拶を述べた後、道場へ出掛けて行った。……其処では三十人ほど稽古をしていたが、与茂七が来たのを見ると、みんな一斉に止めて、面を脱《と》りながら脇へ居並んだ。

「やあみんな暫《しばら》くだな」与茂七は無造作に手をあげて、「また帰って来たから宜しく頼むぞ。田越《たごし》どうだ、幾らか上達したか、芹沢《せりざわ》はどうだ、赤ん坊も三年経てば三つになる、少しは物になりそうか、どうだ楯岡《たておか》。……ひとつ久し振りにぐるっと揉んでやろう。金五郎」

「はい」

「ほう……貴様大きくなったな、幾つだ」

「十七です」

とび出して来た金五郎は、照れたように顔を赤くした。与茂七はその頭をひょいと押しやりながら、「もう元服だ、確《しっか》りしなくちゃ駄目だぞ、己の道具を持って来い、手入れはちゃんとしてあるだろうな」

「ええちゃんと綺麗にして置きました」

金五郎と一緒に去った与茂七は、稽古道具を着けて出て来ると、竹刀を取ろうとして近寄った。……然し当然そこにあるべき自分の竹刀が無い。

「おい、己の竹刀はどうした」

与茂七が振返って叫ぶと。……二三間離れた処で、さっきからじっと彼の動作を見《み》戍《まも》っていた三郎兵衛が、「貴公の竹刀なら、彼処《あそこ》にある」と云って脇の方へ顎《あご》をしゃくった。……与茂七が見ると、隅の方に見覚えのある自分の竹刀が抛りだしてあった。

「誰だ、己の竹刀を抛りだしたのは」

「……拙者だ」

三郎兵衛が答えた。

みんなすわとばかり息をのんだ。……与茂七は投出してある竹刀と、門人たちの異様な視線と、それから相手の顔を見た。

三郎兵衛の白皙《はくせき》の顔は、嘲《あざけ》りと侮蔑と、明らさまな挑戦の意を表白している。彼は足を踏開いて立ち、竹刀を右手にのしかかるような構えで与茂七を睨《にら》んでいる、正に「心驕《おご》れる虎」といった姿だ。

与茂七の太い眉がきりきりと吊上り、ひき結んだ唇がぐいと歪んだ。……二十八年の今日まで、彼は一度もこんな立場に廻った例はない、彼は常に覇者であり、征服者であった。敢《あえ》て戦を挑んだ者があったとしても、それはすべて畏惧《いく》と恐怖を伴ったものであった。……然るに今、眼前に傲然《ごうぜん》と立っている男はどうだ、その端麗な顔にも、柔軟な線を持った女性的な躰にも、与茂七を恐れる色は微塵もない、寧《むし》ろそこには剃刀《かみそり》の刃のように冷たく、且つ峻烈な敵意と軽侮の念が溢れている。……彼は与茂

七のもの、と知って竹刀を抛りだし、

——己がしたのだ。

と真正面から挑んできた。

与茂七の大きな眼は相手の眼を見た、それから肩を見た、竹刀を提げている右手から、のしかかるような身構えを見た。……それが終ったとき、彼はにっと微笑しながら、「うん、なかなか骨がありそうだな」と静かに云った、「斎東与茂七の前でそれだけ云えるのは頼母《たのも》しいぞ、……だが貴様の顔には見覚えがない、新参者か。まだ拙者を知らないのだな」

四

「知っている、よく知っているよ」

「……本当に知っているか」

「野牛と呼ばれた乱暴者だそうな、彦根の小さな井戸からはみ出た蛙《かわず》だそうな」

与茂七はずかずかと行って竹刀を拾った。そして大股に戻って来ると、ぴゅっとそれに素振りを呉れながら、「よし、蛙の手並を見せてやる。名乗れ」

「待兼ねた。……拙者は金吾三郎兵衛」

名乗りながら、三郎兵衛はさっと二三間うしろへ跳退《とびしさ》った。然しその名を聞いた刹那、与茂七はあっと眼を瞠《みは》った。

「金吾……金吾、三郎兵衛、……貴様が」

「来い、そこらの木偶《でく》とは少し違う、岡崎の人間には胆玉があるからそのつもりで来い」

与茂七は答えなかった。

答えないばかりでなく、満面に血を注《そそ》いだままじっと三郎兵衛の顔を瞶《みつ》めていたが、急に外向くと、竹刀をそこへ抛りだし、大股に支度部屋の方へ立去って行った。

「斎東、どうした」三郎兵衛は片手をあげながら叫んだ、「試合は止《や》めか、逃げるのか、この三郎兵衛が恐ろしくなったのか、……卑怯者」

然し与茂七は去ってしまった。

余りに意外な結果である。門人たちはまるで化かされたような気持で、然しそれにしてもこのまま無事に済む筈はないという期待で、暫くは黙って立尽していたが、やがて与茂七が進武館の門から逃げるように出て行くのを見ると、……急にざわざわと驚愕の囁きを交《か》わし始めた。

「あれが野牛か」三郎兵衛は冷笑しながら叫んだ、「あれがみんなの怖れていた与茂七という男か、その竹刀に触るなと云ったのは滝川だったな、伝吉郎……おまえ人違いをしたんだろう」

「い、いや、いやたしかに」

「人違いじゃないと云うのか、ふん」三郎兵衛はぴゅっ、ぴゅっと憤懣を遣《や》るように竹刀を振って叫んだ、「何方《どちら》でもいいが彼奴は逃げたぞ、みんないまの恰好をよく覚えて置くんだ。さあ来い、……詰らぬ事で暇を潰した、稽古を続けよう」

そういう結果に成ろうとは、むろん三郎兵衛も予想していなかった。最後に、

——卑怯者。

と叫んだ時には、理由の如何《いかん》に拘《かか》わらず相手は引返すものと思ったし、事に依ると勝負に命を賭さなければならぬと覚悟もした。……然し相手は引返して来なかった、武士なら聞流すことの出来ぬ言葉を、相手は耳にもかけず去ってしまった。

——評判ほどにもない奴だ。

彼は満足した感じでわらった。

それは慥《たしか》に一種の満足感であった、ふだん喜怒を色に出さない彼が、家へ帰るなり出迎えた妻の松子に、「やあ、今日はおめかしでばかに美しいな」と上機嫌に声をか

けて狼狽させた。

「珍しく御機嫌が宜しゅうございますこと」

「そう見えるか」

「なにか御首尾のよい事でもございましたか」

「首尾はいつでも上々だ、なにしろ今日は」

と云いかけたが、さすがにそのあとは口に出せなかった。同時にふいと、

——いい気になっている。

という感じが来た。

不愉快な感じだった。……するとその不愉快さの底から其時まで考えもしなかった疑惑が頭を擡《もた》げて来た。それは、与茂七が彼を怖れて逃げたのではなくて、寧ろ彼を無視したのではないかという疑いである。

——そうだ、それを考えなかった。

彼の満足感は惨めに傷《きず》つけられた。そして、いちど頭を擡げたその疑惑は、彼の心に蛇の如く絡みつき、ざらざらした胴でいつまでも神経を撫であげて来た。

急に不機嫌になった良人の眼から、若い妻は逃げるように次の間へ去った。

——慥《たし》かめてやる。

彼は妻の姿が襖の彼方へ去るのを見戍《みまも》りながら呟いていた。

——そいつを慥めなければならん、彼奴の頭を眼前に垂れさせぬうちは。

三郎兵衛のような男がそう覚悟した以上、それを実行に移す場合は極めて執拗だし、また思い切ったものである、……彼はその翌日、御殿下にある斎東の家を訪れて面会を求めた。

家士はいちど奥へ取次いだ後、「折角《せっかく》ですが、主人は他出中でございます」と明かに居留守を使った。

「では御帰宅まで待たせて貰おう」

「それが、帰藩の挨拶に諸方へ廻りますので、戻りはいつになるやら知れません。失礼ながらまたお訪ね下さるよう」

「そうか。……ではこう伝えて呉れ」三郎兵衛は冷笑しながら云った、「昨日の勝負をつけに金吾三郎兵衛が参ったと、よいか。然し留守を使われては致方がない。向後《こうご》は出会ったところで遣《や》るから、充分に覚悟をしていて貰いたい。……分ったか」

「左様申伝えます」

家士は嚙みつきそうな眼をしていた。

五

与茂七は彼の前に姿を見せなかった。

明かに避けているらしい、三郎兵衛は出来るだけ会いそうな機会を狙いつつ、一方では嘲弄《ちょうろう》と侮蔑の言葉を撒《ま》きちらした。

そうでなくても、家中の者たちは与茂七と三郎兵衛とを対立させて考えていた。白い虎と野牛とがどう闘うか、何方が勝つか、これは与茂七に抑えられ三郎兵衛に手を焼いていた人々にとって、最も興味のある、そして見遁《みのが》すことの出来ぬ好主題であった。何方が勝ち何方が負けてもいい、然し必ず二人は闘わなくてはならぬ、そして何方かが覇者の冠を叩落されなければならないのだ。

——きっとやるぞ！

——やらずにいるものか。

みんな眼を瞠《みは》って待っていた。

然し期待していた事は次第に怪しくなって来た。先《ま》ず進武館での出来事が伝わり、居留守の件が伝わり、三郎兵衛の放つ悪声が止度もなく家中に弘まるのに、当の与茂七は熟《う》んだとも潰れたとも云わないのだ。……帰藩の挨拶廻りを終ると共に、与茂七はひっそりと音を殺してしまった。

――どうしたんだ、斎東は生きてるのか死んだのか。

――虎が嘯《うそぶ》いているのに野牛は穴籠りか。

――野牛は角を折ったらしいぞ。

華々しい勝負を予期していた人々は、そろそろ待ちくたびれたかたちで、しきりに与茂七の下馬評を始めた。評判は悪くなる一方である、……然し依然として何事も起らず、二十日ほど経って六月三日が来た。

毎月三日は礼日で、藩主《はんしゅ》は江戸在府中《ざいふちゅう》であったが、家中総登城《かちゅうそうとじょう》の日である。三郎兵衛はこの日を待っていた。与茂七は当時無役《むやく》であったが礼日の総登城を欠くことは出来ない、城中衆人環視の中で、のっぴきならぬところを抑えてやろうと決めたのである。……彼は早く登城をして遠侍《とおさぶらい》に待構えていた。

人々は直ぐにそれと見て取った。

「おい見ろ、虎が今日こそやるぞ」

「なるほど牙が鳴ってるな」

「与茂七も今日は逃げを打てまい」

「みんな遠巻にして離れるな」

そんな言葉が耳から耳へささやかれた。眼という眼がいつか遠侍の広間に集った。

与茂七が登城したのは九時近くであった。……そら来たという人々の無言のざわめきも感じない様子で、彼は静かに嘉礼《かれい》を言上《ごんじょう》しに上り、間もなく下って来たが、そのまま長廊下を退出して行こうとした。

三郎兵衛はすばやく立ち、「斎東氏お待ちなさい」と呼びかけながら、小走りにやって来て行手へたちふさがった。

――そら始まるぞ。

待ちかねていた人々は鳴りをひそめ、耳と眼とを一斉にこの二人へ集中した。……

与茂七は立止って静かに相手を見た、三郎兵衛は昂然と右の肩を突上げながら、

「過日、進武館の勝負が預りになっている、再三会いたいと念じているが、居留守を使ったり逃げ廻ったり、遂に今日までその機を得ないで来た、……今日こそ片をつけるからそう思って貰いたい、これから同道しよう」

「その必要はない」

与茂七は眼を伏せたまま答えた。

「あの勝負は拙者の負だ、今更……」

「いやいかん、勝ち負けは立合ったうえでなくては分らぬ。まして世間には、貴公が立合わぬのはこの三郎兵衛を取るに足らぬ相手と見ているのだという風評もある、このままでは拙者の武道が立たん、今日は是非とも勝負をするのだ」

「どういう風評があるか知らぬが、このように満座の中で負だと申す以上、貴公の勝はもう確実だ。……通して貰いたい」

「通さぬ、通さんぞ！」三郎兵衛は両手をひろげた、「貴公に若《も》し武士の面目があるなら立合え、口先で百万遍負けたといっても事実の証《あか》しにはならん、先ず事実だ、出よう」

「なんと云われても拙者には無用だ」

「無用だと、斎東、貴公この三郎兵衛をそれほど軽侮する気か」

「軽侮ではない、ただ無用だと云うのだ」

「無礼者！」三郎兵衛は叫びながら詰寄った、「無用とはなんだ、拙者は物乞いをしているのではないぞ、貴様は武士の作法を知らんのか、武道の立合いを挑まれて応ずることも出来ず、臆面もなく無用などとは、貴様……それでも両刀に恥じないのか」

「待て金吾」

榊市之進であった。……彼は見兼ねたのであろう、とび出して来ると、そう叫びな

がら三郎兵衛を羽交い絞めにして、

「場所柄を考えろ、城中だぞ」

「放して呉れ、彼奴……」

「鎮まれ、話がある、金吾、見苦しいぞ」

強引に絞めあげながら伴れ去った。……与茂七は静かに退出して行ったが、人々は彼の拳がわなわなと震えているのを見遁《みのが》さなかった。

六

その日の灯点《ひとも》し頃に、三郎兵衛の妻松子が与茂七の家へ訪れて来た。……意外な人の訪問である、与茂七はいささか狼狽した様子で、会ったものかどうかと暫く考えていたが、やがて客間へ通して相対した。

「三年ぶりですな、ようこそ」

「御無沙汰申上げております、お変りもなく」

「手前こそ、取紛れてお祝いにも上らず失礼していました、後ればせながらお目出度う、お父上もさぞ御安堵のことでしょう」

「有難う存じます」

松子は重げな眼蓋《まぶた》を僅かに染めた。あの頃からとびぬけて美人というのではなかった。どこもかしこもふくらみかかった蕾《つぼみ》のような、重たげな羞《はじら》いに満ちた乙女であった、表へ現われる美しさは無かったが、いつまでたっても咲き切ることはないだろうと思える美しさが、その重たげな羞いの裡側にひそんでいた。……三年ぶりで会った彼女は、もう人の妻として一年余日を過している、としももう二十二になっている筈だ、けれどあの頃からそうだった腫《は》れぼったい眼蓋を、僅かに赤らめながら俯向《うつむ》いた姿には、裡側にひそんでいて少しも損われない美しさが溢れていた。

「して、なにか御用でお訪ねですか」

「はい、……三郎兵衛から中付かりまして、是をお渡し申上げるようにと」

松子は一封の書面を差出した。

与茂七は目礼して封を切った。……書面は思切って辛辣な句々で埋っていた、「榊市之進より仔細のこと聞き取り候」という書きだしである、要点を記すとこうだ。

あれから市之進の話を聞いた。

貴公はかねて妻松子に心を寄せていたのだそうな。だから、拙者が挑戦しても応じなかったのは卑怯未練からではなく、松子に不測の歎きを与えまいがためだったという。……話は分った、拙者は松子を離別する。松子にはこの手紙を届けてから金吾の父の許《もと》へ帰れと申付けた、当人は知らぬが離別の手紙を持たせてある。是で二人の間の邪魔者は除かれた。貴公も今こそ存分に立合えるだろう。……松原の湖畔「亀形の丘」にて待つ。

与茂七は文面をとくと読終ってから、静かに巻納めて顔をあげた。

「貴女はこれから鞘町へお廻りですか」

「はい、なんですか二三日父の方へ行っておれと申付かりましたので……」

「手紙をお持ちですね」

「なにか書いてございまして？」

「鞘町へはおいでにならなくとも宜しい、その手紙を渡して下さい、いや大丈夫、金吾は承知なんです」

「でも、……父の名宛でございますが」

「それがもう無用になったのです、その手紙を持って拙者が是から金吾の処《ところ》へ行くことになったのですよ。だから貴女は、そう……後から直ぐ家へ帰って下さい」

「それで宜しいのでしょうか」

「帰っていれば分ります」

そう云って、与茂七は松子から手紙を受取ると共に立った。

彼は手早く身支度をすると、家士に命じて松を四五本用意させ、その一本に火を点じて家を出た。……もう暮れていた、湖の方から濃い霧が流れて来て、街の灯を朦朧と暈《ぼ》かしていた。

与茂七は懸命に怒りを抑えていたが、一歩行く毎に我慢の緒が切れて来た。髭の剃り跡の青々とした顎は、歯を食いしばるために歪《ゆが》み、大きな眼は燃えるように光を放った。……彼は真直ぐに松原の湖畔へ出ると、指定された丘の上へ砂を踏みしめながら登った。

三郎兵衛は既に来ていた、彼は霧の中からくっきりと白い汗止めを見せつつ進み出て、「よく来た、待兼ねたぞ」と喚いた。

すっかり身支度をして、そう喚くなり左手に提げていた大剣を抜き鞘を傍《そば》の松の根方へ置いた。……与茂七は答えなかった、そして無言のまま五本の松火に火を点じ、それをよきところに組合せて立てた。……濃霧がその焔《ほのお》を映《うつ》して赤い光暈《こううん》を作った。

それが済むと、与茂七は静かに袴の股立ちを絞り、襷《たすき》と汗止めをした後、履物を脱いで向直った。……そして初めて相手へ眼をあげた。

三郎兵衛は苛《いら》だった調子で、「……いいか！」と叫んだ。

与茂七は、「よし」と答えて右手を柄に当てた。

七

三郎兵衛は青眼《せいがん》にとった。

与茂七は右手を柄にかけたままである、……松の焰がぱちぱちとはぜ、霧が条《しま》をなして渦巻き流れた。なんの物音もない、時々どこかで微かに砂がはねるのは、松葉からこぼれる霧の滴《しずく》であろう。

時にして約十分。

呼吸と気合とが次第に充実し、両者の剛志が抑制の最後の膜をひき裂いたと思われる刹那、絶叫と剣光とが濃霧を截割《たちわ》った。……そしてそのまま元の静寂が四方《あたり》を包んだ。

三郎兵衛は半身になったまま、大剣を下ろして反っている、与茂七の躰はのしかかるように相手を圧している。……よく見ると、与茂七の剣の切尖《きっさき》が、三郎兵衛の鼻梁

ろう。の真上に、ぴったりと吸着しているのだ。どう動いてもその切尖を遁《のが》れる術《すべ》はないだ

「……金吾、斬って来い」与茂七は静かに云った、「決して怪我はさせない、だから安心して掛って来い。……動けないのか」

「…………」

「貴様の腕はそれっきりか」

与茂七の籠手《こて》が僅に動いた。

再び絶叫が起り、剣光が弧を描いた、然しその次の刹那には与茂七が三郎兵衛を組敷き、拳をあげて殴りつけていた。無言のまま殴った、三郎兵衛が反抗を止めて動かなくなるまで、殴って殴って殴りぬいた。

「馬鹿野郎、貴様は大馬鹿野郎だぞ」

罵りながら与茂七は身を起した。……そして倒れたまま喘《あえ》いでいる三郎兵衛の姿を、上から暫く見戍《みまも》っていたが、やがて汗止めを外しながら丘を下りて行った。

水の滴る汗止めを持って与茂七が戻って来たとき、三郎兵衛はまだ地上に伸びていた。……与茂七は側へ寄って抱起しながら、「さあ水だ、綺麗にして来たから啜《すす》れ」

「……無用だ」

「己の科白《せりふ》を取るな、喉を潤したら話があるんだ、痩せ我慢はぬきにしてお互いにさっぱりしよう、さあ」

三郎兵衛は音高く水を啜った。

与茂七は自分の襷を外すと、相手の物もすっかり脱《と》ってやり、相対してどっかりと腰を据えた、そして両手の掌《てのひら》を外らせて膝を抱え、「第一は松子さんだ」と呼吸を鎮めながら云った。

「市之進が話したのは嘘ではない、己はかつて松子さんを自分の妻に申受けようと思ったことがある、市之進にそんな意味を洩らしたことがあるかも知れないが、もうよく覚えていない。恐らく洩らしはしなかったろう、市之進がそう気付いていただけだろうと思う、……だからこんな誤解が生じたのだ、肚《はら》を割って云うが、当人の己が江戸詰め三年のあいだにすっかり忘れていたんだ、帰って来て、貴公の入婿を聞いたときはじめて、忘れていたことに気付いたくらいだ」

「…………」

「聞いているだろうな、金吾」そう云って与茂七は続けた、「だから、松子さんのために挑戦に応じなかったというのは嘘だ、市之進の解釈は誤っている、あの男は文字に明るいからむやみに小説じみたことを考えるんだ」

「ではどうして、どうして逃げたんだ」

「第二の問題はそれだな。……云ってしまうから気を悪くするなよ」与茂七はひと息ついて云った、「己は少年時代からこの彦根で餓鬼大将だった、自分の腕力を恃《たの》んでのし廻った、世間のやつらがみんな馬鹿のように見え、大手を振って横車を押し通して来た。……二十八歳になる今日までそうだった、ところがあの日。……進武館で貴公に出会ったとき、肩を突上げて仁王立ちになっている貴公の恰好を見たとき、己は……自分の姿をまざまざと見たのだ」

「…………」

「道場のまん中に立って、傲然と肩を怒らしている、その心驕ったさま、我こそはという増上慢、……それはそのまま与茂七の姿なんだ、二十八年のあいだ己は、そっくりそのままの恰好でのし廻っていたんだ。……なんという滑稽な、道化《おどけ》た姿だ、生唾の湧く気障《きざ》っぽさだ。……己は恥しくなった、そして逃げだした。自分では遂に分らず、貴公の上に自分の愚な恰好を見出して初めて……己は眼が覚めたのだ」

与茂七は言葉を切って頭を垂れた。

松の焰がどよみあがり、既に半《なかば》まで燃えた一本が崩れると、支えが破れて一時にみんな倒れかかった。ぱちぱちと樹皮がはぜ、美しく火粉が飛んだ、……そして渦巻き流れる濃霧をぱっと赤く焦《こ》がした。

「是は燃してしまえ」

暫くして与茂七が、封を切ったのと切らぬのと二通、ふところから取出して渡した。……三郎兵衛は黙って受取り、身を伸ばしてそれを焔の中へ投込んだ。

与茂七はにこっと笑いながら、三郎兵衛の肩を叩いた。……三郎兵衛は腕で顔を隠すと、急におおいおいと泣きだした。はじめはそうでもなかったが終《しま》いには子供が泣くように、おーんおーんと明けっ放しで泣きだした。

「……おい」与茂七は笑いながら、「泣くだけ泣いたら知らせろよ、己は少し横になる。……ああいい心持だ」

そう云ってごろっと仰反けに寝ころんだ。……ひんやりと濡れた砂が、単衣《ひとえ》の脊《せ》に快く感じられた。彼は両手を頭の下にかった。

三郎兵衛の泣声はなかなか止らない、二人のあいだには、重要な言葉はまだなにも語られてはいないようだ、けれど三郎兵衛の泣く声は、どんな言葉よりも鮮かに、凡《す》べてを諒解したことを証《あか》している。……松の火は既に落ちかかり、赤い光暈《こううん》は濃い霧の帷《とばり》と共にじりじりと円を縮めつつあった。

「おい、金吾……」

「…………」

「是で彦根から野牛と虎がいなくなるなあ。うん、城下は厄介払いをするだろう。うん、明日からさっきの手を教えてやる、あれは柳生《やぎゅう》の秘手だ。うん、己は二年かかって……」

独《ひと》りで話し独りで答えながら、いつか与茂七の頬を涙が流れていた。……なんの涙ぞ。

笠折半九郎

一

喧嘩は理窟ではない、多くは其時のはずみである、理窟のあるものならどうにか納りもつくが、無条理にはじまるものは手がつけられない、笠折半九郎《かさおりはんくろう》と畔田小次郎《くろだこじろう》の喧嘩がその例であった。

二人は紀伊《きい》家の同じ中小姓《ちゅうごしょう》で、半九郎は西丸角櫓《すみやぐら》の番之頭《ばんのかしら》を兼任し、食禄は三百石、小次郎は二百五十石を取っていた。……年齢は半九郎の方が二歳年長の二十七であるが、気質からいうと小次郎のほうが兄格で、烈《はげ》しい性格の半九郎とはちょうど火と水といった対照であった。

半九郎も小次郎も早くから主君頼宣《よりのぶ》の側近に仕えて二人とも別々の意味で深く愛されていた。半九郎はその生一本《きいっぽん》に直情径行を、小次郎は沈着な理性に強い性格を、そして二人はまた互いに無二の友として相許《あいゆる》していた。

そのときの喧嘩がどういう順序で始ったかよく分らない、城中の休息所で座談をしているうち、話がふと半九郎の縁談に及んだ。……彼はそのとき同藩大番組で、八百石を取る天方仁右衛門《あまかたじんえもん》の娘瑞枝《みずえ》と婚約が定っていた。瑞枝は才女という評判が高く、特に十三絃に堪能でしばしば御前で弾奏したことがある、話は自然とその琴曲のことになった。小次郎は半九郎が武骨者で、芸事などには振向いても見ないのを知っていたし、瑞枝の琴の話が出ると、明かに不快そうな顔つきになるのを認めたから、ちょっと意地悪な気持になって、

――笠折もこれから瑞枝どのの琴を聞いて、心を練る修業をするんだな、音楽というものは人の心を深く曠《ひろ》くするものだ。

というような意味のことを云った。

それがいけなかった、ごく親しい気持から出た言葉ではあるが、時のはずみで半九郎は真正面から喰い下った、おんなわらべの芸事などで心を練り直さなければならぬほど武道未熟だというのか、そう開き直ったのがきっかけで暫《しばら》く押し問答をしていたが、遂に半九郎は面色を変えて叫びだした。

――このままではおれの面目が立たぬ、それほどの未熟者かどうか試してみよう、明朝卯《う》の刻《こく》に城外鼠ケ島《ねずみがしま》で待っているから来い。

来なかったら家へ押掛けるぞと云って、半九郎は下城してしまった。

屋敷へ帰った彼は、仲裁役でも来ると面倒だと思って、後事の始末を書面にして遣し、そのまま城下から南へ三十町あまり離れた、砂村《さむら》の農夫弥五兵衛《やごべえ》の家に立退《たちの》いた。……弥五兵衛はもと笠折家の下僕であったが、数年まえに暇を取り、今では妻子五人で農を営んでいた。

半九郎は自分の怒り方が度を越しているのを知っていた。時間の経《た》つに順《したが》ってその感じがはっきりして来た、どう考えても果合いをするほどの問題ではない。

——いけなかった、やり過ごした。

そう思った。けれどまた直ぐそのあとから、新しい忿《いかり》がこみあげて来た。小次郎の言葉には親しい者だけに共通する意地悪さがあった、おれが云うなら許されるだろうという、狎《な》れた意地悪さが隠されていた。

——どれほど親しい間柄でも、云って宜《い》いことと悪いことがある、武士の心得を座談にして弄《もてあそ》ぶ法はない。

彼は武骨者で茶華風流には暗かった。武士には要のないものだと云ってはいたが、そういうものに興味を持てないことは、自分でも私《ひそか》に弱点だと思っていた、そしてそう自覚しているだけ余計に、遊芸に類するものを軽侮していたのである。……詰り小次郎はそれを承知して、彼のいちばん痛いところを突いたのである。

「明日の朝五時に起して呉《く》れ」

弥五兵衛にそう云って、半九郎は宵のうちに寝た。

なかなか眠れなかった。

ともすると苦い後悔の感じが湧いて来るので、なるべく忿怒《ふんぬ》を煽《あお》るようなことだけを考えた、空想は鼠ケ島の決闘の場面まで発展した、無二の友達同志が刃を嚙合せている様や、血まみれになって倒れている小次郎の姿などは、空想のなかで一種の快感をさえ呼起した。

そうしているうちに、いつか考え疲れて眠ってしまったらしい、雨戸を叩くけたたましい物音に、半九郎が愕《ぎょっ》として眼を覚ますと、

「笠折はいないか」と呼びたてる声が聞えた、「ちょっと起きて呉れ、笠折半九郎は来ていないか」

——小次郎だ。

半九郎はがばとはね起きた。

「よし、己が自分で出る」

起きて来た弥五兵衛を押止め、手早く身支度をした半九郎は、大剣を摑んで、手荒

く縁側の方の雨戸を明けた。

「半九郎は此処《ここ》にいるぞ」

「おっ、笠折いたか」

叫びながら走って来る小次郎を見て、

「約束は卯《う》の刻、場所は鼠ケ島と云った筈だ、血迷ったか小次郎」

「それどころではない、あれを見ろ」

小次郎は叫びながら手を挙げてうしろを指した。

二

まだ空は全く暗かった。満天の星は朝の霜のひどさを思わせるように、きらきらと研《と》ぎ澄ました光を放っている、……その星空の下に、ぼっと赤く、大きな篝火《かがりび》のような光暈《こううん》の弘がっているのが見えた。

「火事だ、然《しか》もお城の大手に近い」

半九郎は慄然《りつぜん》と身を震わした。

「西丸御門外の武家屋敷から出たが、この風で火は今お城へ真向にかかっている、笠折」

小次郎は持っている物を差出しながら、「いま貴公の家へ立寄って、多分此処だと思ったから火事装束《しょうぞく》を持って来た、馬も曳《ひ》いて来てある、果合いはまたのことだ、貴公は櫓番之頭《やぐらばんのかしら》だぞ」

「小次郎、かたじけない」

半九郎はひと言、呻《うめ》くように云うと、友の差出した包を取ってひらいた、夢中だった、踏込《ふみこ》み袴《ばかま》、定紋《じょうもん》付きの胸当《むねあて》、羽織《はおり》、兜頭巾《かぶとずきん》、それに腰差し提燈《ちょうちん》まで揃っている、彼はそれを身に着けながら、

――矢張り友達だった。

となんども胸いっぱいに叫んだ。

弥五兵衛が提燈に火を入れるのを、ひったくるようにして外へ出た、表には馬が二頭繋《つな》いであった、二人は轡《くつわ》を並べて駆けだした。……往還へ出るとはじめて烈風を感じた。半九郎は空を焦がすような遠い火を睨《にら》んで、容赦もなく馬に鞭を呉れながら疾《しっ》駆《く》した。心は湯のような感動でいっぱいだった、宵のうちの悔恨はもう無かった、男同志の友情の有難さが、ただそれだけが、彼の全身の血をかきたてた。

大番町へ入ったところで二人は馬首を分った、半九郎は西丸口へ、小次郎は大手

へ。

「小次郎！」

別れるとき半九郎が叫んだ、

「忘れぬぞ！」

小次郎は振返った、にっと僅《わずか》に笑った白い顔が、半九郎の眼に鮮かな印象を焼きつけた、彼はそのまま馬を煽って行った。

明暦元年十一月十九日早朝四時、和歌山城西丸御門の外にある都築瀬兵衛《つづきせべえ》の屋敷から出た火は、折からの烈風に見る見る燃え拡がり、一方は武家屋敷から町家の方へ延び、一方は西丸の門から城へと移った。……そのとき頼宣は伊勢《いせ》へ鷹野《たかの》に出たあとで、久野和泉守《くのいずみのかみ》が留守を預っていた、留守城のことで人数も足りなかったし、旱天続《かんてん》きで乾いてもいたし、おまけに珍しいほどの烈風で、城へ移った火は防ぎようもなく延焼した。

半九郎が西丸の角櫓《すみやぐら》へ馳けつけたとき、十七人の番士は一人も欠けず揃って、櫓前へ水を運んでいるところだった。……半九郎は砂丸を焼く火が、御宝庫の上にのしかかっているのを見た。

「お蔵が危い、お蔵番はいないのか」

なんども叫んだが人の姿はなかった。……彼は躊躇《ちゅうちょ》なく番士五人を伴《つ》れて馳けつけると、鍵をうち壊して扉を明け、文字通り火を浴びながら、秘蔵の宝物を取出して角櫓へ運んだ。

「此処も危のうございます、お山へ移した方が安全でございましょう」

「此処が危いと？」番士の言葉を半九郎は烈しく極めつけた、「馬鹿なことを云え、このお櫓を焼いてなるか、十七人全部死んでもこのお櫓は守り通すのだ、我々の死に場所は此処だ、一歩も退くな」

既に西丸が焼けていた、櫓の上に登った半九郎は、二の丸の大屋根を抜いて噴きあげる燄《ほのお》の柱を見た。右も左も火燄《かえん》だった。耳を聾《ろう》するような燄の叫びと、建物の焼け落ちる轟《とどろ》きと、物のはぜ飛ぶ劈《つんざ》くような響が、怒濤《どとう》のように揉み返していた。……煙は火を映しながら、まるで生き物のように立昇り、恐ろしい渦を巻いて崩れたかと見ると、八方に翼を拡げて地を掃き、再び空へと狂気の如く舞いあがった。

砂丸を焼いた火と、西丸を焼く火とが、両方から多門塀を伝って近づいて来た。

「みんな此処で死ね、一人も退くな」半九郎は繰返し叫んだ、「卑怯な真似をする奴は斬るぞ！」

息もつけぬような煙が巻いて来た。煽りつける火気は肌を焦がすように思えた。

……襲いかかる火粉を必死と払いながら、半九郎は火の海のなかに、力強く屹然《きつぜん》と立っている天守閣の壮厳な姿を見た。それは大磐石の姿だった。

——大丈夫だ、この櫓は助かる。

彼は神を信ずるようにそう確信した。

事実その櫓は焼けなかった。十七人の死を賭した働きが、遂に猛火を防ぎ止めたのである。半九郎をはじめ多少ともみんな火傷《やけど》をした。手を折った者もあった。誰の衣服も焦げ跡のないものはなかった、鬢髪《びんぱつ》の焼け縮れていない者はなかった。然しそんなことはなんでもなかった、櫓は助かったのだ、彼等はその本分を尽したのである。

——小次郎、おれはやったぞ。

火勢の落ちた和歌山城の上に、ようやく朝の光が漲《みなぎ》りわたるのを見ながら、半九郎はつきあげるような思いで独《ひと》り叫んだ。

——やったぞ、おれはやったぞ小次郎。

三

急を聞いて頼宣が帰ったのは、それから二日後のことであった。

天守閣と櫓の一部が残っただけで、城は殆《ほとん》ど焼けていた。城外では武家屋敷六十軒、町屋敷百九十五軒、町数合せて九十余という大火であった。……火を失した都築瀬兵衛は、親族から切腹を迫られたが、結局は遠島ということに定った。

帰城した翌々日、頼宣は湊御殿《みなと》に留守役の者を呼んで、防火の労を犒《ねぎら》い、またそれぞれ恩賞の沙汰をした。焼け落ちた西丸、一の丸、砂丸の番士たちにも恩命があった。半九郎も伺候《しこう》していたが、彼にはなんの言葉もなかった。……そして恩賞にあずかった人々が次ぎ次ぎと去って、最後に彼だけが残ったとき、ようやく頼宣が近《ちこ》うと呼びかけた。そして火事場のことには一言も触れず、

「半九郎、其方出火の当日喧嘩をしたそうではないか」と意外なことを云った、「仔細はどうでもよい、小次郎に果合いを挑んだというのは事実か」

「恐入ります、いささかとりのぼせまして」

「それでどうした、始末を申してみい」

「恐れながら……」

半九郎は腋《わき》の下に汗をかいて平伏した、思いも懸けぬことを突込まれて、ちょっと言句に詰ったのである。

「申してみい、果合いの始末をどうした」

頼宣はたたみかけて促した。

半九郎は平伏したまま始終の事を述べた、頼宣は黙って聴いていた。半九郎の言葉が終ってからも、暫くのあいだ黙っていた。……自分の口から仔細を述べるうちに、半九郎は悔恨と自責の念が新しく甦えって来るのを感じ、黙っている頼宣の無言の叱責が、千貫の重さで頭上へのしかかるように思えた。

「友達というのは有難いものだな」頼宣がやがて感慨の籠った声で云った、「小次郎は思慮の深いやつだ、然し小次郎だけが秀でているとは云わぬ、友達の情の美しさだ、おろそかに思ってはならぬぞ半九郎」

半九郎は噎《むせ》びあげていた。

「其方は一徹で強情が瑾《きず》だ、そこが良いところでもあるし、また禍《わざわい》を招く素《もと》でもある、もう少し分別を弁《わきま》えぬといかんぞ」

そう云って頼宣は立った。

火事場のことに就《つい》ては一言の沙汰もなかった。半九郎はむろんそんなことは意に留めなかった。自分はするだけの事をしたのである、然もその火事は偶然にも自分と小次郎との友情の証しとなって呉れた。それだけでも充分だと思った。

けれど世間の人々はそう簡単に済まさなかった。当時の昂奮が冷めて来ると、人々の眼は半九郎のうえに集りだした。

——笠折に恩賞のお沙汰がないのはどうしたのだ、彼は十七人の番士と身命を賭して、角櫓を火から救ったではないか。

——そうだ、笠折はお蔵から御秘蔵の宝物をも運び出している。

——持場を焼いた者たちでさえ恩典があったのに、最も手柄を立てた笠折になんのお沙汰もないというのは不審だ。

——なにか仔細があるのだろう。

そういう噂話が、折に触れると半九郎の耳にも入るようになった。彼にとっては迷惑であり不愉快な話であった、自分では恩賞に漏れたことなど少しも考えてはいないし、するだけの事をしたのだという気持で落着いている、だからそんな噂を聞くと、自分までが卑しく、さもしい感じになってやりきれなかった。

或る日四五人集っているところで、またその話になったとき、半九郎は我慢ならぬという調子で云った。

「いったい貴公たちはなんの要があってそんなことをつべこべ云うのだ、拙者は恩賞を賜わるような働きはなにもしてはいないぞ、自分の責任を果したまでだ、誰でも当然なすべきことをなしただけだ、火消人足ではあるまいし、火事場の働きで恩典にあずかろうなどというさもしい考えは微塵《みじん》もないぞ、詰らぬ話はいい加減にやめろ、馬鹿げている」

「おい、……笠折、それは少し言葉が過ぎはしないか」一人が急に眼を光らせて乗出した、「我々は誰のために云っているのでもない、むろんお上に対して御批判申すのでもない、ただ身命を賭して御宝物を救い、お櫓を守ったという事実を云うのだ。持場を焼いた者たちにさえ恩賞があったのに、それだけの働きをした者になんのお沙汰もないという事実を云っているんだ。……それに対して火消し人足でないとは言葉が過るぞ」

半九郎はむかむかと忿《いか》りがこみあげて来た。然し懸命にそれを抑えて黙っていた。……相手は書院番の麻苅久之助《あさがりきゅうのすけ》という、小意地の悪い女のように嫉妬深いので有名な男だった。口の下手な半九郎などの敵すべき相手ではない、それで哀しくも彼は沈黙を守った。

四

「火消し人足とは変なことを云う」相手は鬼の首でも取ったように、尚も執念《しつこ》く傍《そば》の者を捉えて続けた、「自分はなにか理由があるとして、取澄《とりすま》しているならそれも宜《い》いさ、然し傷だらけになって、命を的に働いた十七人の組下が可哀そうではないか、火消し人足ではないなどと、見当違いなことを云う暇があったら、少しは組下のことも考えてやるべきだ」

「拙者はこういう話を聞いているんだが」久之助のねちねちした態度をとりなすように、一人が側から口を挿《はさ》んだ、「なあ笠折、あの日貴公はお上から、畔田と喧嘩をしたことでお叱りを受けただろう、単なる噂にとどまるかも知れんが、畔田がお上に其事を申上げたので、それでお上がお怒りになったということを聞いたぞ」

「それは有りそうなことだ」別の一人が頷《うなず》いて云った、「畔田としては城中満座のなかで果合いを挑まれたのだからな、その返報としてもそのくらいのことは有るかも知れん」

「止《や》めて呉れ、どうかみんな止めて呉れ」

半九郎は堪り兼ねて云った。あまりその声が悲痛だったので、みんな驚いて眼をあげた。半九郎は抑えつけたような声で、まるで自分自身に挑みかかるように云った。

「畔田がどんな人間か、拙者は誰よりも熟《よ》く知っている、そういう噂は人を毒するだけだ、どうかもう蔭口や噂は止めて呉れ、十七人の組下に対しては、拙者が直ぐに番頭としての責任を執《と》る、だからもうこんな話は是だけで打切りにして呉れ、もう沢山だ、本当にもう沢山だ」

それだけ云うと、半九郎は立って其の席を去った。

櫓番の支配は寄合役である、半九郎は辞表を支配役に差出して下城すると、家人に酒を命じて強《したた》かに呑《の》みはじめた。……彼は自分の執った態度が、いつかのようにとりのぼせたものだということに気付いていた、小次郎に果合いを挑んだときとは原因がまるで違う、然しその憤激のかたちには同じ苦しさがあった。心の隅には早くも、あのときと同じ悔いが孕《はら》んでいた、でも彼にはどうしようもなかった。

酔が廻るにつれて、色々な人の顔や、言葉や、態度が、次ぎ次ぎと眼にうかんで来た。みんな誹謗《ひぼう》と嘲笑《ちょうしょう》の相《すがた》であった。

――こんなことを考えていてはいけない。

彼はなんども反省した。胸へこみあげて来る毒々しい妄念を否定するように、烈しく首を振っては酒を呷《あお》った。

――おれにはおれの生き方しか出来ない、嗤《わら》う者は嗤え、己は自分の正味を投出している、是が笠折半九郎だ。

泥酔した彼は寝た。

翌日はひどく頭が重く、悪酔いをした胸苦しさがいつまでも消えなかった。それで彼は再び酒を命じた。……午《ひる》近くなって、支配役から出仕を促す使者が来た。半九郎は家士を挨拶に出して、

——所労《しよろう》で臥《ふ》せっているから、追って本復のうえ登城する。

と答えさせた。

使者は別に深い穿鑿《せんさく》もせず、大切にするようにと云って去った。……半九郎にはそれが空々しい言葉に思われた、そしてそう思ったときから、彼の考え方は新しい方向へ曲りだした。

彼は改めて恩賞のことを思いだした、どうして自分だけになんの沙汰もなかったのか、若し小次郎との喧嘩が悪いなら、小次郎にも同じ咎《とが》めはある筈だ。然し小次郎はみんなと同様に恩典にあずかっている。

——こいつは考える値打があるぞ。

彼は続いて、小次郎が自分より先に、喧嘩の始末を言上《ごんじよう》したという話を思いだした。

——畔田は思慮の深いやつだ。

そう云った頼宣の言葉も耳に残っている、思慮が深いということは、彼のように馬

鹿正直でないという意味にもなる、彼の生一本《きいっぽん》な気持では為し得ない多くのことを為し得るという意味にならないか？　……彼はなんの隠しもなく喧嘩の始末を申し述べた、然し思慮の深い小次郎が果して同様の言上をしただろうか。

「そうだ、火事の朝もそれだ」

半九郎は思わず声をあげて呟《つぶや》いた、「若《も》しあの火事がなかったら、あいつ果して鼠ケ島へ来たろうか、……否！　来はせぬ、あいつはおれの剣を知っている、来るとしても仲裁人か、そう見せて助太刀を伴れて来たに違いない。火事はあいつにとって一石二鳥だった、果合いを免《まぬが》れたうえに、馬鹿正直なおれをまんまと泣かした、くそっ！」

半九郎は拳で力任せに膝《ひざ》を叩いた。

こうなると、考えることはみんな自分を唆《そそのか》しかけるものだけになる、なんでもよい底の底まで自分を追い詰めて、胸に溢れている妄念を一挙に爆発させてみたい、そういうすてばちな衝動が全く半九郎を捉えてしまった。……丁度そこへ、まるで油に火を投げるような事が起ったのである。

五

家士の五郎次《ごろうじ》が襖《ふすま》を明けた。

「申し上げます」

「呼ばぬうちは来るなと申してある、退《さが》れ」

「お客来でございます」

「会わん、誰にも会わんぞ、病臥《びょうが》していると云って追い返してしまえ」

「そうお断り申したのですが」家士は困惑した様子で云った、「病床でなりともたってお眼にかかりたいと、みなさま押しての仰せでございます」

「みなさま？……誰と誰だ」

「柳河三郎兵衛《やながわさぶろべえ》さま、殿村靫負《とのむらゆきえ》さま、長谷部《はせべ》伝蔵《でんぞう》さま、由井《ゆい》、大道《おおみち》の方々でございます」

西丸詰め、二の丸詰めの者たちで、殊に大道市次郎《いちじろう》と由井十兵衛《じゅうべえ》は番頭格であるが、孰《いず》れもそう親しく往来している訳ではない。

「会ってやる、通して置け」

半九郎は支度を直しに立った。

客間に待っていた五人は、病状の見舞いを述べるでもなく、押して面会を求めた釈明をしようともせず、半九郎が座に就くのを待兼ねたように、由井十兵衛が直ぐ要談をはじめた。それは半九郎にとって全く思いがけぬ問題であった。

「先日城中で、貴公は火事場の恩賞に就て麻苅たちと話をしたそうだな」

「拙者から持出した訳ではないが、この話ならした」

「貴公そのとき、火事場の働きで恩賞にあずかるのは、火消し人足も同様だと云ったそうだが、相違ないかどうか聞きに来たのだ」

半九郎は平手打ちを喰ったような気がした、麻苅久之助に云った言葉が、今やまるで違う意味をもって、然もかなり重大な内容を帯びて返って来たのだ。

「如何にも、そういう風なことは云った」彼は出来るだけ静かに説明しようとした、「そういう風なことは慥《たしか》に申したが、然しまた貴公がいった通りではない、言葉は似ているが意味は違う」

「どう違うか聞こう」

「拙者は自分のことを云ったのだ、各々も耳にしていると思うが、あのとき拙者だけは恩賞のお沙汰がなかった」

「それが貴公には不服なのか！」

いちばん若い長谷部伝蔵が叫んだ。

「……そうではない」半九郎は自分を抑えて続けた、「そうではないんだ、周《まわ》りの者がそれを云うんだ、拙者は自分の為すべき事を為しただけで、恩賞の有無などはいささかも考えてはいない、それなのに周りの者がいつまでもその評判をするんだ、あのときもそうだった。拙者にはうるさいし、迷惑なんだ、それで自分はそんな火消し人足のようなさもしい考えは持たぬと云ったんだ」

「では改めて訊くが、火事場の働きで恩賞にあずかった者は、火消し人足も同様だと云うんだな」

「話すことを、拙者の話すことをもっとよく聞いて呉れ、そうではないんだ」

「そうでなければどうだと云うんだ！」柳河三郎兵衛が大声に叫《わめ》いた、「持って廻った言訳は止めろ、我々は防火の手柄をお褒めにあずかった、御恩典を受けている。貴公の言葉は我々に取って聞きのがせぬ重大な意味を持っているぞ」

「恩賞を受けぬ貴公はいいだろう、然しその言葉は我々一同を火消し人足と申したも同じことになるぞ。笠折、確《しか》と返答を聞こう！」

半九郎は出来る限り自分を抑えていた、然しどう説明しても、言葉の持っている本当の意味は分って貰えないと思った。

「ええ！　面倒だ」半九郎は頭を振って云った、「これだけ云っても分らないなら、どうでも好きなように解釈しろ、なんとでも勝手に僻《ひが》め、拙者はそんな馬鹿な相手はもう御免だ」

「それは正気で云う挨拶か！」

「笠折、庭へ出ろ！」

伝蔵が大剣を摑みながら叫んだ。……そのとき廊下を畔田小次郎が走って来た、彼は五人が押掛けたと聞いて追って来たのである。

「待て、みんな待って呉れ」小次郎は座敷へ入ると、今しも総立ちになった客と主人との間へ、そう叫びながら割って入った。そして先ず半九郎を押えつけ、「笠折へは拙者が話をする、みんなとにかく待って呉れ、手間は取らさぬ、さあ……向うへ行こう笠折、いいから来るんだ」

そう云いながら、引摺《ひきず》るように半九郎を居間の方へ伴れて行った。

六

「落着け、落着いて聞くんだ笠折」半九郎を引据《ひきす》えながら、小次郎は声を励まして云った、「貴公の言葉は穏当ではない、いや分ってる、貴公がそう云った時の意味は別だった、然しそれが彼等に伝われば、こういう問題が起らずにはいないものを持っている、言葉が悪かったんだ、拙者の云う気持は分るだろう」

「簡単に云え、おれにどうしろと云うんだ」

「云い過ぎだということを一言でいい、行って彼等に詫びて呉れ、ただ形だけでもいい、あとは拙者が旨《うま》く片を付ける」

「あのときのようにか」半九郎は白く笑いながら云った、「お上へ喧嘩の始末を言上したように、あの時のように旨く片を付けるか、小次郎」

「なにを云う。……貴公酔っているな笠折」

「真直《まっすぐ》に己の眼を見ろ!」紙のように蒼白《あおざ》めた顔を、ぐっと突き出しながら半九郎は叫んだ、

「よいか小次郎、己はこれまで世間の評判や噂話などは軽蔑《けいべつ》して来た、そんなものは

人を毒するだけで、三文の値打もないと思って来た、ところがそうじゃなかった、三文の値打もないどころか、そいつは人の運命を左右することも出来るんだ、大切なのは人間じゃない、言葉だ、噂だ、蔭口やこそこそ評判だ、腹黒い奴がひと捻り捻るだけで、事実には関係なしに言葉が人間の運を決定するんだ。いいか、……是だけのことを前提として、あの五人に詫びろと云うなら己は詫びる」

半九郎はもういちど白く笑って続けた、「だが小次郎、そのまえに己は云うことがある、今度の紛争《ごたごた》の原因は、おれが恩賞のお沙汰に漏れたことにあるんだ、そしてその原因の前にもう一つ本当の原因がある、……そいつを先《ま》ず解決しなくてはならん」

「それはどういう意味だ」

「鼠ケ島の果合いだ、あれがおれから恩賞のお沙汰を奪った、十七人の組下までがそのために恩賞から漏れた」

「笠折、それは正気で云うことか」

小次郎の眼にも忿《いかり》が表われた、「拙者も世間の噂はうすうす聞いていた、拙者がお上に、喧嘩のことで貴公を讒訴《ざんそ》したという、馬鹿げた話で取るにも足らぬと捨てて置いたが、貴公それを信ずるというのか」

「五人に詫びろと云うまえに、貴様はそれを考える必要があったんだ、取るにも足らぬこそこそ話が、人の運を決定するんだ、己は今こそ悪意を認める、おれが五人に詫びるまえに、貴様は鼠ケ島の借を返さなくてはならんぞ」

「心得た、如何にも鼠ケ島へ行こう」小次郎はそう云いながら立った、「今度は拙者から時刻を定める、明日の明け六つ（朝六時）、必ず待っているぞ」

半九郎は荒々しく去って行く小次郎の姿を、嘲笑の眼で見送った。……それから更に彼が、客間で待っている五人に、こう云っている声を聞いた。

「笠折とは拙者が果合いをすることに定めました、各々は手をお引き下さい、拙者には前からの行懸りがあるのです、笠折のことは拙者にお任せ下さい」

決意のある声だった、それに対して五人の方でもなにか主張したが、結局は小次郎に任せると決ったらしい。……半九郎はそれを聞きながら、「誰か居らぬか、酒が無いぞ」と大声に叫びたてた。

この争いには自然でないものが多い、詰らぬ感情のささくれや、行違いや、思過しや、色々な要素が偶然にひとところへ落合い、それが誤った方向へ押流されている。……半九郎にしても小次郎にしてもそれが分らない訳ではなかった、然しこうしたやりきれない紛擾《いざこざ》は、いちど行き着くところまで行かぬ限り、解決のしようがないのである。そして最も信頼する相手を最も卑しく考えるという、非常に矛盾したことが、この場合には極めて自然な成行きになってしまったのだ。

明くる朝、半九郎はまだ暗いうちに起きた。……霜のひどい朝だった、裸になって頭から何杯も水を浴び、新しい肌着に、継《つ》ぎ裃《かみしも》で支度をした。そして食事はせずに家を出た。

供は伴れなかった。足の下に砕ける霜の音を聞きながら、ようやく明けはじめた早朝の町を、なにも考えずに砂村《さむら》の方へ急いだ。

鼠ケ島は紀ノ川《きかわ》の砂洲の発達したもので、実生の松が僅に林をなし、周囲は枯れた蘆荻《ろてき》が叢立《むらだ》っていた、……朽ちかかった踏板を渡って島へ登ると、乳色の川霧を震わせて、千鳥がけたたましく舞い立った。

——まだ来ておらんな。

ひとわたり見渡して、そう呟きながら、半九郎は小松原の方へ入ろうとした。すると、それを待受けていたように、松のあいだから進出《すすみで》て来た者があった。

「……小次郎か」

半九郎は五六歩あとへ跳び退って、大剣の柄へ手をやった。

七

相手は構わず近寄って来た。そして、川霧を押分けてその姿をはっきりと示したとき、半九郎はいきなり、眼に見えぬ力で突き飛ばされでもしたように、あっと叫びながらよろめいた。

近寄ってきたのは頼宣であった。

「抜け、抜け半九郎」

頼宣は静かに呼びかけた。

半九郎は即座に大剣を鞘《さや》ごと腰から脱《と》り、それを遠く投出しながら、砂上に平伏した。……頼宣は大股に歩み寄って、砂上に伏した半九郎の側へ片膝を突くと、左手でその衿《えり》を摑み、拳をあげて頭を殴りつけた。

「馬鹿者！　馬鹿者、馬鹿者！」

三つ、四つ、五つ、痺れるように痛い拳だった。然しその痛さは、そのまま頼宣の愛情の表白であった、半九郎はその痛さを通して、大きな主君の愛情を直《じか》に感じ、これまで自分を毒していた有らゆる妄念が、そのひと打ち毎《ごと》に、快く叩き潰されるのを感じた。

頼宣はやがて手を放した。よほど力を籠めて打ったとみえて、暫く荒い息をしていたが、

「……二十年も予に仕えながら」と顫《ふる》えを帯びた声で云った、「其方《そのほう》にはまだ予の気持が分らぬのか。……先日火事の折、命を冒して宝物を取出し、また角櫓を防ぎ止めたことは手柄であった、あっぱれよくしたと褒めてやりたかった、然し予は一言も褒めなかった、他の者には恩賞をやったが、其方にはなにも沙汰しなかった。沙汰せずに置いても予の気持は分るであろうと思ったからだ」

「恐れながら、恐れながらお上」半九郎は噎《むせ》びながら頼宣の言葉を遮った、「わたくしの不調法、申訳の致しようもございませぬ、なれど此度のことは、お沙汰のなきことを不平に思った次第ではございませぬ、左様な心はいささかも、いささかも……」

「泣き声では分らぬ、はっきりと申せ、それではなぜ自儘《じまま》に番頭《ばんがしら》をやめたのだ」

「周囲の批判やむを得なかったのでございます、わたくしの不調法から、十七人の組下まで御恩賞に漏れたと申されまして、番之頭としての責任を執《と》ったのでございます」

「周囲の批判がそんなに大事か」頼宣は寧《むし》ろその一本気を笑うように、「世間の評判

などは取止めのないものだ、そんなものに一々責任を執っていて、まことの奉公が成ると思うか。……火事場の働きあっぱれではあるが、沙汰をしなかったには訳がある。城は一国の鎮台《ちんだい》として重要なものだ、宝物もまた家に取って大切だ、然し人間の命には代えられぬぞ、火事はそのときの旱《かわ》き、風の強さで、防ぎきれぬことがあるものだ、城も焼けよう、宝物も灰になろう、それは人力で如何とも防ぐことの出来ぬ場合がある」

「其方の働きはあっぱれであったが」と頼宣は静かに続けた、「若しその働きを賞美したら、これからさき多くの家臣たちが、その防ぎきれぬ火に向って、もっと危険を冒すことになるだろう。城は焼けても再び建てることは出来る、だが死んだ人間を呼返す法はないぞ。……心のなかでは褒めながら、そうしなかった理由はそこだ、予にとっては城よりも宝物よりも、家臣の方が大切なのだ。角櫓一つ助かるよりも、其方の無事であることの方が予にはうれしいのだ、半九郎」

半九郎の背が見えるほど波を打ち、砂を嚙むように欷歔《すすりなき》の音がもれた。

「二十年も側近く仕えながら、其方にはこれだけの気持すら察しがつかぬのか、周《まわ》りの批判は聞き咎《とが》めても、予の心を察する気にはならぬのか」

「……申訳ございませぬ」半九郎は身を絞るように呻いた。

「それほどの思召とも存ぜず、愚な執着に眼が昏《くら》んでおりました、このうえは唯……御免」

云いながら、つと脇差へ手をかけた、然し咄嗟《とっさ》に頼宣がその利腕《ききうで》をがっしと摑んだ。

「馬鹿者が！　なにをする」

「お慈悲でございます、わたくしに腹を」

「ならん！」

頼宣は有名な強力《ごうりき》である、半九郎の懸命の腕を押えつけ、脇差を鞘ごと脱《と》ってすっくと立った。

「死なして宜いなら予が手打ちにしている、其方がいますべきことは切腹ではない、小次郎との仲直りだ。……小次郎、まいれ」

振返って叫ぶと、小松原の中から畔田小次郎が走り出て来た。そして半九郎の傍へ並んで平伏した。

「其方共は自儘に果合いをしようとした、軽からぬ罪だ、両人とも五十日の閉門を申付ける、但し小次郎も半九郎の家で、一緒に謹慎しておれ、離れることならんぞ」

頼宣はそう云って去って行った。右手の拳を揉みながら、「恐ろしく固い頭だ」と呟くのが聞えた。

二人は平伏したまま泣いていた。

川霧はようやく消えて、雲を割った太陽が眩しいほどの光を、鼠ケ島の上へさんさんと射かけて来た。……小松原の中に控えていた近習番《きんじゆばん》たちを伴れて、頼宣が遠く去ってしまってからも、彼等はそのまま泣いていた。

「小次郎、……おれたちは仕合せ者だな」

半九郎が泣きながら云った。

「そうだ、これほどの御主君に仕えることの出来るのは、武士と生れての此上もない果報だ」

「おれは自分の心の狭さがよく分った、勘弁して呉れ小次郎、瑞枝《みずえ》を娶《めと》ったら、おれは琴を弾かせて心の修業をするぞ、琴を聴いて、本当に心が曠《ひろ》くなるものならば、おれは本当に瑞枝の琴を聴くぞ」

「そう思えばそれでいいんだ、琴なんか問題じゃない、我々はいまもっとすばらしい修業をしたんだ」

「分ってる、それは分ってる、でもおれは琴を聴くよ、琴に限らない、どんな方法ででもこの心をもっと曠くしたいんだ、まことの御奉公の出来る人間になりたいんだ、おれは、琴を聴くぞ小次郎」

「そうむやみに、琴々って云うなよ」小次郎は泣きながらぷっと失笑《ふきだ》した。

「馬鹿だな、可笑《おか》しくなるじゃないか」

それと一緒に半九郎も失笑した。二人は泣きながら、両方の眼からぽろぽろと涙をこぼしながら、声を放って笑いだした。

白石城死守《しろいしじょうししゅ》

一

「かねて御推量もございましたろうか、治部少輔《じぶしょう》（石田三成《いしだみつなり》）こと、上方において挙兵をつかまつり、伏見《ふしみ》はすでに落城と申すことでございます」

おどろくべき言葉を耳にして、思わず起きあがろうとしたが、あやうく自分のいる位置に気づき、浜田治部介《はまだじぶのすけ》は息をころしてじっとしていた。衝立屛風《ついたてびょうぶ》の向うでは使者がつづけて云う、

「急報によって内府《ないふ》（徳川家康）には小山《おやま》の陣をはらい、江戸へ帰城とあいさだめましたが、こなた少将（伊達政宗《だてまさむね》）どの御所存はいかがにございましょうや、もっとも御妻子は大坂おもてに質としてござあることゆえ、いちがいにお味方のあいなりがたき次第も、人情しかるべしと内府存じよりにございます」

「中途ながらその御趣意はしばらく」

政宗がよくとおるこえで使者の口上《こうじょう》をさえぎった、「内府さま御恩顧はまさむね夢《む》寐《び》にも忘れ申さぬ、たとえ妻子を質としこれを焚殺《やきころ》さるるとも、神明に誓って内府さまへのお味方に変心はおざらぬ、この儀はしかと申上げておきます」

「お言葉ねんごろには存じまするが、御老臣がたともよくよく御談合あそばされませんでは」

「政宗存じよりに反く家来はいちにんもおり申さぬ、御念におよばず内府さま御采配《ごさはい》を承わりましょう」

使者は押しかえして老臣との会議をもとめた、政宗は一存の動かさざることを誓いぬいた。くどいと思われるほどのやりとりがあって、それならばと使者はかたちを正し、家康の軍令を伝えた。

「少将さまにはすみやかに白石城をひきはらい、岩手沢《いわてざわ》に陣をととのえて会津《あいづ》を御牽《ごけん》制《せい》なさるべしとのことにございます」

「白石より退却せよと仰せあるか」

政宗は意外なことを聞くというように、ややこえをはげまして反問した。

徳川家康が会津征伐の令を発したのは慶長五年六月のことだった。伊達政宗はすぐに大坂を立って奥州《おうしゅう》へくだり、七月十二日に陸前《りくぜん》のくに名《な》取郡《とりぐん》の北目城《きためじょう》へはいった。

本城は岩手沢（陸前玉造郡《りくぜんたまつくりぐん》）にあるのだが、それより遥《はる》かに挺進《ていしん》して陣をしいたのは、はやく敵地を侵して戦果を大にするためで、すなわち時を移さず白石城へ攻めかかった。白石城は上杉《うえすぎ》氏の北辺のまもりとして最前線であり、甘粕景継《あまかすかげつぐ》を将とし精兵すぐって守備に当っていたが、伊達軍の巧妙な戦法にもろくも潰え、七月二十五日ついに開城した。この白石攻略には二つの意義があった、それは上杉氏の前線拠点の破砕と、旧領の回復とである。つまり白石城のある刈田郡《かったぐん》と、その附近の信夫《しのぶ》、伊達などの諸郡は数年まえまで政宗の領地だったのだ。この二つの意義をもつ白石から撤退せよという、政宗にとって意外でもあり不満でもあるのは当然のことだった。

「前進せよとの御采配なれば」とかれは云った、「全軍の命を賭《と》してもつかまつるが、退却せよとの仰せは憚《はばか》りながら御無理かと思われる」

「その御挨拶はごもっともでございますが」

しかしと云って使者は膝《ひざ》を正した。

石田三成の挙兵は、会津の上杉景勝《かげかつ》とかたい連繋《れんけい》のうえにある、徳川本軍が会津征討の陣を解いてかみがたへ向えば、上杉勢はそれを追尾して石田軍と挟撃《きょうげき》の策にでるのはわかっている。そこで伊達軍がいったん本城へ退き、城備をかためて待機すれば、上杉はこれを無視して動くことはできない。もし伊達軍が敵地である白石城にとどまって上杉の総攻撃をうけるとする、勝敗は時の運でもしも敗軍におちいった場合には、徳川軍の背後は裸になってしまうのだ。したがって上杉氏を会津へくぎづけにして置くためには、伊達軍を安全な位置にさげ、いつでもうって出るぞというにらみをきかしていなければならない。

「これは小山の帷幄《いあく》においてくりかえし討議された軍配でございます、お味方の御誓言にあやまりなしとなれば、この軍配にも御違背なしというかたきお約定《やくじょう》をねがいます」

否応なしという意味を含めて使者はその口上を終った。政宗は低くうめきながら、かなりながいこと思案していた、いかにも不本意のようすだったが、やがて心を決めたとみえ、撤退することを承知した。

「よろしゅうおざる、たしかに白石より退軍つかまつりましょう」

「御退陣くださるか」

おおと肩の荷をおろしたような使者の太息《といき》が、衝立屏風のかげまではっきりと聞えた。

二

政宗と使者とが去るとしばらくして、浜田治部介がようやく衝立屏風のかげから出てきた。肩幅のひろい筋肉質の逞《たくま》しいからだで、眉尻の少しさがったおっとりとした顔だちである、年は二十七歳になり、政宗のはたもとで物頭《ものがしら》をつとめている。かれは午睡《ひるね》をしていたのであった、そこは白石城本丸にある屋形のひと間で、これまでほとんど使われたことがないし、裏庭からつめたい山風が吹きとおるので、ときどきやってきては午睡をした、ところが今日はとつぜん主君政宗がはいって来たのである、衝立屏風のかげにいたので気づかなかったのであろう、こちらも気がついたときはもうおそかった、そして思いもよらぬ密談を聴くはめになってしまったのだ。

額にふき出ている汗を押しぬぐいながら、かれは渡り廊下から遠侍《とおさぶらい》のほうへ出ていった。そのようすにはもう重大な秘事をもれ聞いたというけぶりは微塵《みじん》もなかった、かれはふだんから無口で、動作もいずれかというと重たく、おくに言葉でいうと「はっきとせぬ」風貌をもっていた。またこれまで数度の合戦にのぞんでもさしてめざましい功名があったわけではなかったが、どこかにひとをひきつけるところがあるとみえ、上からも下からもたのもしがられていた。

「ああ御物頭《おものがしら》」廊下を走って来た若ざむらいがいかにも嬉しそうな声で呼びかけた、「岩手沢から行李《こうり》がとどきました、いま荷おろしをしております」

「そうか、それはよかったな」

「すぐにおいで下さい」

そう云ってなおほかへ知らせにゆく若ざむらいとわかれ、治部介はいそぎ足に二の曲輪《くるわ》へと出ていった。

そこではいま大手のほうから荷を運びこんでいるところで、人足たちのえいえいというかけ声が城壁にいきおいよく響いていた、あっちからもこっちからも、聞き伝えた兵たちが馳けて来ては、人足の列の両がわに群をなした。ずいぶん待たれた行李だった、大坂を夏のはじめに出て、季節はいま秋を迎えようとしている、将も兵も身のまわりの品々をとり替えなければならない、武器ものの具も補充しなければならない、そして本城から届く行李にはこれらのほかに故郷のたよりがある、兵たちにとってはことにそのたよりがなにより待たれるものだった、そしていま、かれらはその行李を眼の前に見ているのだ。

「待て待て、荷おろしを待て」兵の群を押しわけて、そう叫びながら治部介が前へ出

てきた、

「まだ荷をおろしてはいけない、おろしたものはそこへ置け、荷駄や車に附けてある分はそのままでしばらく待て」

「それはどういうわけですか」

勘定奉行手附《てつき》の若ざむらいが走って来た。

「べつに仔細はないけれども、上からお指図のないうちに荷おろしをしてはいけないと思う、少し待つほうがよいだろう」

「仰せですが行李が着けばお指図がなくとも荷おろしだけは致すのがしきたりです」

「しきたりは定法《じょうほう》ではない、到着したものは到着したものなんだから、そうせかせかしなくともよいだろう、とにかく少し待て」

人足たちの列はもう止まっていた、あたりがにわかにひっそりとなり、そのしじまを待っていたもののように「組へ集れ」の竹法螺《たけぼら》が鳴りだした。時ならぬ合図なのでみんな少しいろめきたった、どうしたのだ、前進か、敵か、そんなことを云い交わしながらそれぞれの部署へと走っていった。治部介は散ってゆく兵たちのあとから、いつものゆっくりした足どりで本丸へ登ってゆくと、向うからさっき廊下で会った若ざむらいが走《は》せおりて来るのであった。

「ああ御物頭」

「どうした」

「残念ながら行李は送りもどしです、いったいどうしたんでしょう、わけがわかりません、送りもどしです、いそぎますからこれで」

かれはそう叫びながら、汗まみれになって馳けおりていった。本丸の巽曲輪が治部介の持場だった、そこにはすでにかれの五人の家士が、隊士百五十人を集めて待っていた。かれは点呼をしてから詰所へのぼった、そこには同僚の物頭たちが寄ってざわざわしていたが、治部介は腰をおろすひまもなかった、お召しという知らせが来たからである、かれは扈従《こじゆう》の者について本丸櫓《ほんまるやぐら》へのぼった。

待っていたのは、主君政宗と片倉景綱《かたくらかげつな》のふたりであった、扈従の者もすぐにさがり、人ばらいのようすにみえた。

「このたび仔細あってわれら岩手沢へ帰陣することにきまった」

政宗がみずから云った、「それについて、この白石の城をそのほうに預ける、全軍退城のくばりで兵は残せない、手まわり五十騎でまもるのだ、ただし北目《きため》に片倉を置く手はずだから、会津より反攻してまいった節は知らせしだいに援兵を出す、決してみごろしにはせぬがどうだ」

平伏したまま治部介はしばらくなんの答えもなかった。

三

あまり返辞がないので、景綱がたまりかねて促そうとしたとき、ようやく治部介はおもてをあげて云った。

「お人も多いなかでかような大役を仰せつけられ、このうえの面目《めんぼく》はございません、なれども若輩者のことでございますから、然るべき城代《じょうだい》を上にいただき、わたくしはその手足となってはたらきとう存じますが」

「申し分はもっともであるがこの場合はそのほういちにんにかぎるのだ、そのほうにすべての方寸《ほうすん》をまかせるから受けい」

殿には殿のおぼしめしがあるのだと、景綱もそばから言葉を添えた。これよりまえ白石退城ときまって、さて誰をこの捨て城に残すかという相談になったとき、片倉景綱がすぐさま浜田治部介を推した。徳川本陣の軍令だから撤退に異存はなかったが、いちど攻め取った白石城をまるまる明けわたすのも意地がゆるさなかった。撤退の軍令にそむかず、しかも城をまもりたい、そういう微妙な立場にはまる人物はほかにない、治部介ならと景綱は信じて推したのである、政宗もかねて眼をつけていたのですぐにきまり、治部介がなんと云おうともう人選をあらためる意は少しもなかったのだ。治部介はようやく承知した。

「おめがねどおりお役がはたせますや否やわかりません、ただ身命の続くかぎりはたらきます」

「それでよい」政宗も景綱もほっとしたようすだった、「預るについてなにか望みがあるか」

「手まわり五十騎をわたくし自分に選ばせて頂きとうございます、そのほかに望みはございません」

ゆるしを得て巽曲輪へもどったかれは、家士のうち半沢市十郎《はんざわいちじゅうろう》、多紀勘兵衛《たきかんべえ》、比野《ひの》五郎兵衛《ごろべえ》の三人をよびだし、隊士のなかで強情者と名のある二男三男の者を選みだせと命じた。かれらはすぐ十二人選んできた、治部介はさらにその十二人にむかって云った。

「おまえたちがどうでも死地に就《つ》かなければならぬとき、これならいっしょに連《つ》れてゆけるという者を四人ずつ選んで来い」

十二人の者は命ぜられたとおりおのおの四人ずつ連れてもどって来た。これに浜田の家士のうち三名を加えた五十一人が残る人数である、治部介は本軍がここから撤退すること、そのあとをうけてこれだけで城をまもる任務を告げ、人名を書きあげさせてふたたび本丸櫓へあがった。

その日（八月十一日）のうちに伊達軍は白石城をたちのいた。岩手沢まで後退したともいい、北目城にいたともいう、とにかく北目に片倉景綱がかなりの軍勢を持ってとどまったことは事実で、白石城とのあいだに約十七里、敵反攻の知らせのありしだい援軍を出すかまえをとっていた。……城には鉄炮百挺、弾丸、弓箭《ゆみや》など余るほど残された、兵糧もたっぷりあった、まず五六十日の籠城には充分である、治部介は本軍の退去を送りだすと、みんなを本丸櫓の一重に集め、

「きょう着いた行李の中からここへ残った者の分はとりわけられてある、いま分配するから、受取った者はさがって休むがよい」

そう云って家士たちに分配を命じた。

家族の心のこもった肌着や下帯《したおび》や胴着《どうぎ》や、こまごました日用品の数々のほかに、手紙などが出てくると割れるようなよろこびの声があがった。治部介にも妻からの手紙が届いていた、かれは独《ひと》りになってからそれをひらいて読んだ。白石の勝ちいくさなにより祝着《しゅうちゃく》に存じ奉りそろという書きだしの短いものだったが、そのなかで一子《こ》小

次郎《じろう》のことを書いたくだりにはさすがに胸が熱くなった。小次郎はもう七歳になり、ひどく活潑でなかまの大将になってはいくさ遊びをしたがる、また城下の荒雄川《あらおがわ》で魚を突くことを覚え、自分で稓《やす》などを作り巧《たくみ》に水をくぐって時には四五十尾も魚をあげてくることがある。そんなことが簡単にではあるがかなりいきいきと記してあった、そしてその末尾に、

わたくしこと女ども二十余人の宰領して行李と共に北目までまかり越え、お曲輪うちにてこの文したため申しそろ。なお三十日ほどは当地にて御陣の端下つとめ申すべきはずにござ候えども、おめもじの折などかまえてあるまじくと存じまいらせそろ。

そう結んであった。「奈保」というやさしい署名をみながら、治部介はそう書いている妻の心が思いやられた。

「そうか、北目へ来ているのか」

戦場の位置によっては、炊飯とか洗濯とか修理物とか、または傷兵の世話などをするために婦人たちの出ることがよくある、妻もおそらくそういう役目で行李といっしょに来たのであろう、そして三十日ほど北目城に滞在するという、「おめもじの折などあるまじくと存じまいらせそろ」と書いたのは、万一にも会えたらという気持を自

分で否ときめつけているようで頬笑ましかった。

「二年あまり会わぬからな」

そう呟《つぶや》きながら、治部介はしずかに手紙を巻きおさめた。

四

残暑のひどい日が続いた。兵たちは元気で、相撲をとったり槍や太刀の稽古をして日を暮らした、城壁は攻めるとき崩れたのを修復しかかっているところだったが、治部介は中止したままにして置き、ただ石材や木組などを要所要所へまとめさせた。

ある日、天守の見張り番から城下のようすがおかしいと知らせて来た、治部介はすぐいってみた。城は台地の上にあるので、天守からみると城下町は一望だった、七月二十五日の合戦で大半は焼けていたが、伊達軍がはいっておちついたと聞くと、逃げた町民たちは少しずつ帰って来はじめ、もう焼け跡に家を建てだしたものもかなりあった。

「どうした」

「どうも城下の者がたちのく模様なのです」番の者は手をあげて指し示した、「あちら車を曳いてまいる組がございましょう、白石川のほうへもあのように、さきほどから荷を背負った者がひきもきらず続いております」

　そのとおりだった、町の南北から荷物を背にし、車や馬に積んだ人々が、三々五々城下そとへと出てゆくところである、かれらの足もとから灰色の土挨《つちぼこり》が濛々《もうもう》と舞いたち、荒れた田地のほうへと条《しま》をなしてなびいていた。町民のたちのきは合戦の近いことの証《しる》しである、その点ではむしろふしぎなほどかれらは敏感だった。天守からおりて来た治部介は、しかしなんにも云わずに午睡《ひるね》をはじめた、平常と少しも変らず、例のとおりの「はっきとせぬ」挙措《きよそ》である、まだ兵たちの持場もきめてないし、鉄炮と弓とをどういう組にわけるかもきまっていない。

　――城下のようすでは、いつ敵が反攻して来るかも知れないのに、これではいったいどう戦ったらいいんだ。

　口にはださないが、誰も彼もそう考えて苛《いら》だちはじめたのがよくわかった。けれども治部介は鼾《いびき》さえかいて眠りこけていた。結局その日はなにごともなかった、翌日、北目城の片倉景綱からようすを尋ねに使者をよこした。

「なにも変ったことはございません」

　治部介はそう答えた。城下の町民がたちのいたようだがという問に対しては、本軍が撤退したので合戦が始まると考え違いをしたものであろうと云った。それからしまいに調子をあらため、「すでにお預り申した以上、この城のことは浜田治部介にお任せをねがいます、それで御安心がならず、ふたたびものみの使者をお遣わしになるようなれば、憚りながらお役ご免を願うとお伝え下さい」

めずらしくきばきばとそう云った。それがよほど強くひびいたのであろう、そののち北目城から使者の来るようなことはなかった。

さらに数日して、はげしい南風の吹くある日の午《うま》の刻まえ、城から南方にあたる原野のかなたに敵の前哨《ぜんしょう》と思える人かげがちらちらしはじめた。治部介は天守へあがってみたが、まだまだと云ったなりでおりて来た、食事もいつものとおり、そして午後になるとまた横になって午睡をした。……日没まえに、南方の丘を越えて敵の騎馬隊の侵入して来るのがみえた。かれらは丘の根に陣を布《し》いたようすだった、それと同時に斥候《せっこう》が城のすぐ近くに出没し、なにやら合図の狼火《のろし》をあげたりした。

「今夜があぶないと思われますが」

多紀勘兵衛が天守からおりて来て云った。

「騎馬隊のあとからだいぶ徒士《かち》がはいって来ました、どうやら夜襲の構えとみえます、用意を致して置きましょう」

かれはうんと云ったきりだった。

「まだ隊の持場もきまらず、銃隊と弓組の割り当てもございません、いまのうちにきめて頂きたいと存じます」

「……そうだな」かれはゆっくりと答えた、「だかまあ、とにかくめしにしよう」

食事のときにかれはふいと自分の子供のことをはなしだした。隊士たちは夜襲のことがあたまにあるのでそれどころではなかったが、治部介はゆったりした調子で、いかにも楽しそうに笑いながら話した。

「おまえたちも知っているとおり、荒雄川はなかなか癖のある川だ、急流というほどでもないのに、淵や淀が多くて、到るところに下へひき込む瀬かある。伜はまだ七歳の小坊主だけれども、手作りの簎《やす》であの川へとびこんでは魚をあげてくるそうだ、この春などは鮭を四五十尾もあげたそうだ」

「これは初耳です、あれへ鮭が登りますか」

「はて、鮭ではなかったか」

みんな思わず笑いだした。そしてそれがきっかけのように、みんな気持がほぐれ、つぎつぎと故郷の話をだしはじめた。

五

夜襲はなかった。しかし朝になってみると敵はずっと前進し、城の南から南東へかけて半円の陣を布《し》いていた。そしてときどき銃隊が前へ散開しては射撃をはじめた。前日から吹きやまぬ南風は土埃と硝煙を巻きあげ、敵陣に立っている夥《おびただ》しい旗さし物はまるでひき千切れそうにはためいていた。城兵がなりをひそめているので、敵の銃隊は大胆に前へ前へと進みだし、一隊は大手前へまわりこんで来た。

縦横に疾駆する伝騎《でんき》、だあん！　だあん！　と丘々にこだまする銃声、吹き荒れる烈風、これらがいっしょになって、城のまわりはようやく戦場の様相を示しはじめた。

「北目へ使者をやりましょうか」

多紀勘兵衛がたずねた。そのときかれらは天守の上にいた。治部介を中にして、半沢市十郎と比野五郎兵衛がいっしょだった。そしてさっきから同じ言葉が二度も三度も、市十郎と五郎兵衛から出た、治部介はしかし黙って首を横に振るばかりだった。勘兵衛はがまんをきらした。

「いま出さなければ、もはや使者は出せなくなると存じます」

「下へおりよう」治部介はふりかえって云った、「五郎兵衛、みんなを櫓下へ集めて呉《く》れ」

五郎兵衛はさきに馳けおりて、全士を本丸の櫓下へ呼び集めた。みんな甲冑具足《かっちゅうぐそく》を着け、すっかり武装をととのえていた、治部介は鎧直垂《よろいひたたれ》のまま出て来て、ずっと見まわしながらよくとおる声で云った。

「あらためて云うまでもないと思うが、われわれはこの城のまもりとして残った、おれを加えて五十二人、援軍はない。五十二人がさいごの一人となり、その一人のさいごの脈が搏《う》ち終るまで城をまもりぬく、それがここへ残ったわれわれの役目だ、わかったか」

援軍はないという一言が、集っている全部の兵たちに或る共通の決意を与えたようだった。合戦にのぞむからには討死は期している、そしておなじ討死をするなら、援軍などなしに五十二人一団となって死ぬほうがよい、誰の顔にもそういう割りきれたさっぱりとした決意のあらわれがみえた。

「わかったら休め」治部介は片手を振った、「まだまだ戦には間がある、あまり早くから意気込んでいると、骨節が凝《こ》っていざというときにはたらきにくいものだ、まあぼつぼつとやろう、いいか」

　ぼつぼつやろうというのが可笑《おか》しかったので、みんな思わず笑いだし、列を崩して日蔭へはいった。

　銃声はずっと城の近くへ迫った。陣鉦《じんがね》や鬨《とき》の声《こえ》も聞えた。日暮れがたまでそれが続き、夜になるとずっと後退した。城兵があまりひっそりと鳴《なり》をひそめているので、かえって突っ込む気勢をそがれたらしい。翌日になると敵はぐっと陣を進めたが、時おり銃撃をしかけてくるだけではかばかしいことはなかった。

　しかしそのつぎの日に敵の一隊が巽曲輪へ侵入して来た。人数は少なかったが必死を期した突撃だった、治部介はこれを二の丸までひきこみ、桝形《ますがた》へ追いつめて殲滅《せんめつ》した。そしてこれが戦の口火となり、息もつかせぬ敵の攻撃がはじまった。

　治部介は自在に戦った、あるときは敵を本丸までおびき込み、つぎには大手門の桝形で捕捉《ほそく》した。城壁の上からとつぜん石材や巨木を投げおろすかと思うと、闇をついて侵入する敵兵の中へいきなり燃えさかる松明《たいまつ》を幾十百本となく擲《な》げこみ、混乱に乗じて斬り込んだりした。けれどももちろん味方にも損害があった。開戦三日めには討死十余人、負傷で動けない者がかなりできた。

「お願いです、斬って出させて下さい」

血気の兵たちがそう云いはじめた、治部介は首を横に振った。

「籠城というやつは痺《しび》れのきれるものだという、おれたちは初めてその味を覚えるんだ、まだまだこのくらいで痺をきらしてはならん、本当の味はこれからだぞ」

そのときかれらは外曲輪《そとくるわ》にいたが、ものみの兵がとつぜん城壁の上で誰かこっちへ来る者があると叫びだした。

「城下町の辻から走って来ます、どうやら味方の者のようにみえます」

「味方の者だと」

治部介はものみ台へ登った。たしかに大手の広場を越えてまっすぐに走って来る者があった。どういうつもりか頭から蓆《むしろ》をかぶり、身を跼《かが》めてひた走りに走って来る。すると敵もそれと気づいたのであろう、急に銃口を集めて狙撃しはじめた。

「ああ危ない、射たれる」

兵の一人が叫んだとき、走っていた者がだっと前のめりに倒れた、みんなあっ、と云った、銃声はなお続き、倒れている者の近くで弾丸がふつふつと土埃をあげた。

――やられた、もうだめだ。

みんな暗然と息をのんだが、治部介はなんと思ったか銃を二十挺とって来いと命じた。

六

「いまに敵はあの死躰を取りに来る、そうしたら覘《ねら》い射ちにするんだ、稽古のつもりで代りあってやれ、ゆだんすると取られるぞ」
そう云って治部介がものみ台をおりると間もなく、銃を構えていた兵の一人が、
「ああ生きているぞ、あれは生きているぞ」と叫びだした、「みろ動いてる、よくみろ、少しずつこっちへ這《は》って来るぞ」
「そうだ、まさに這って来る」
そしてすぐ別の一人が叫んだ、「女だ、おいあれは女だぞ」
御物頭と叫びながら、兵の一人がとびおりて来た、「お願いです助けに行かせて下さい、あれは生きています、しかも女のようです」
「ならん」治部介はきめつけるように云った、「どんなことがあっても城門からそとへ出ることはならん」
「しかしあのままではこんどこそ本当に射ち殺されてしまいます」
「うろたえるな」と治部介は叫んだ、「この合戦のさなかで、それがおまえには珍し

いことなのか。われわれの役目はこの城をまもりぬくことにある、つまらぬことに気をとられて本分のあるところを忘れるな、もどれ」

兵は身をふるわせながら戻った。しばらくすると敵が出て来たとみえ、城壁の上に伏せた銃が火蓋を切った、敵も応射した。このあいだに少しずつ這い進んで来た例の女は、堀端まで来て動かなくなった。

「もうひと息だ、元気をだせ」

城壁の上から兵たちが喚《わめ》いた、しかし女はもう身動きもせず、かぶっていた蓆の端が、時おり風ではたはたと地を打つだけだった、そして日が暮れた。

その夜半だった、治部介は独りでそっと大手門からぬけだし、堀端に倒れていた女をすばやく城の中へ抱きいれた、女は重傷だったが、まだ意識はあった。治部介は二の丸下の草地へいってそっとおろした、そこには大きな猿滑《さるすべり》の樹があり、傘のようにさしひろげた枝はいまみごとな花さかりである。

「やっぱりおまえだったな、奈保」治部介はそう云いながら女の衿《えり》をくつろげてやった、「しっかりしろ、おれだ、治部介だぞ」

ああと低くうめいて女は身を起こそうとした、かれは動いてはいけないと云った。

「とても助かる傷ではない、云うことがあったら云え、どうして此処《ここ》へ来たんだ」

「お眼にかかりたいと存じまして」

「もっとしっかり云え、なにか会う用があったのか、奈保、しっかり云うんだ」

「ひと眼、お会い申して」

ほとんど聞きとれないほどの声だった、ひと眼会いたくて来たが、城を眼の前に見たらとりのぼせてしまい、みぐるしいふるまいをして申訳がない、おゆるし下さいという意味のことを云った。

「それだけか、奈保、おまえ、そんな未練者だったのか」

治部介はどなりつけるようにいった、しかし聞えなかったものか、女は大きく息をつきながらはっきりと呟いた。

「わたくし御先途《おせんど》をいたします」

そして眼をつむった。

治部介はもう息の絶えた妻の面を、ながいことじっと見まもっていた。良人《おっと》への愛にひかされてこんな未練なことをする、そんな妻ではなかった筈だ。

——なにを狼狽《ろうばい》したんだ。

そう叱りつけたかった。けれどもそのとき夜風が吹きわたり、猿滑の花がはらはらと妻の顔に散りかかるのをみて、かれはしずかに立って二の丸まで鍬《くわ》を取りにいった。そして戻って来ると、猿滑の樹蔭のよきところを選び、黙ってその土を掘りはじめた。……大手前を走って来たときの姿がまざまざと眼にうかんだ、かれはその走る姿を見たとき妻だと思った、それから弾丸に当って倒れ、重傷に屈せず城のほうへ這い寄って来るのを、城壁の上からじっと見ていた苦しさは云いようのないものだった。

「だがおれをみろ」

かれは鍬をふるいながら呟いた、「おれは少しも未練な気持はおこさなかったぞ、よく覚えておくがいい、これが戦というものだ」

掘りおこされる新しい土の香が、夜気のなかに強く匂いだした。

それからさらにどれほどの激戦があったことだろう、片倉景綱が九月中旬に、兵五百をひきいて白石へもどって来たとき、城はまるで廃墟のようになっていた、城門は倒れ、櫓は砕け石垣は崩れていた。……そして、大手内まで出迎えた浜田治部介と十七人の兵たちは、まるで幽鬼のようなすさまじい姿をしていた、みんな傷だらけだった、立っているのがやっとらしい者もいた、人々は思わず眼をそむけた。

「これほどとは思わなかった」景綱はむしろ腹立たしげに云った、「上杉軍は最上義《もがみよし》光《あき》を討つために、主力を出羽《でわ》へ侵入させた、白石へは僅《わずか》に押えの兵が来ている、北目城ではそう信じていた、だがこれは相当の勢力で攻められたのではないか」

「およそ二千ほどでございましたろうか」

「なぜ使《つかい》をよこさなかった、いつでも援軍を出す、と申してあったではないか、其許《そち》のひとがらなれば、よもこんな強情いくさはしまいと思って推挙したのだ、それがこのありさまとは、……このありさまとは」

「お言葉ではございますが」治部介はしずかに云った、「こなたさまの御意はよくわかっておりました、しかし援軍を頂いてはならなかったのです、初めからそのつもりはございませんでした」

「初めからとは、それはどういうわけだ」

「小山から密使のみえましたとき」と治部介はそのときを回想するように、「わたくしは衝立屏風のかげにいて、ご主君とお使者との密談をはからずも耳にいたしました。そのとき小山の軍令は、白石城を退去して伊達軍を安全の位置にさげ、上杉を会津へくぎづけにせよとのことでございました」

「それはわかっている、それだからどうした」

「もしもわたくしが援軍を求め、白石を挟んで合戦となりましたら、小山の軍令に反くことになりは致しませんか、白石を撤退せよという軍令は、わが軍と上杉とを戦わせたくないためです、合戦は運のもので万一にも敗れる場合があるかもわかりません、その万一のないように撤退ときめられたのです、わたくしはただ全士討死の覚悟でございました」

景綱はくっと唇をひき結んだ。

「……そうか」と云って頷《うなず》き、眼を伏せてしばらく黙っていた。それから思いついたようにふりかえって、兵たちに休息を命じ、治部介を城壁の蔭へとつれていった。

「ここへ其許の妻女が来た筈だ」

「………」

「来なかったか」

治部介はじっと景綱の眼を見た。

「城内のようすが知りたい、しかしこのまえ厳しく断られているので迂闊《うかつ》な者はよこせなかった、そこで思いついたのが妻女だ、女なれば敵の眼もくぐり易く其許もいちがいに突放しはしまい。……ゆくかと申したらまいるという、苦戦のようなら知らせに戻れ、大丈夫なら暫《しばら》くとどまっているがよい、そううちあわせてよこした。妻女はそれきり戻らぬ、これは大丈夫なのだと思っていた、ここへは来なかったのか」

「まいりました、まいりましたが……」

云いかけて治部介は首をめぐらした。そこからついひとまたぎのところにあの猿滑の樹がある、しかし花はもう終りで、枝のさきに哀れなほどしか残ってはいない、治部介の眼を追ってゆくと、その樹蔭に白木のささやかな墓標の立っているのがみえた。

「……死んだか」

という景綱の言葉をあとに治部介は墓のそばへあゆみ寄った。

——やっぱりそうだったのか。

良人を慕う未練からではなく、そういう役目をもって来たのだったか、あっぱれだった。そう思うとはじめて眼のうちが熱くなり、喉がつまるのを感じた。

——奈保、岩手沢へゆくんだぞ。

かれはけんめいに泪《なみだ》を抑えながら、胸いっぱいの想でそう呼びかけた。故郷へ、岩手沢へ帰れと。

豪傑《ごうけつ》ばやり

一

「誰にも嘘だなどとは云わせねえ」

これが出るともう酔った証拠である、鱒八《ますはち》は肩を怒らせながら喚《わめ》きたてた。

「卑怯でもなく未練でもなく、おらあはこの手で猪打権右衛門《ししうちごんえもん》を討取ったのだ。おのし等は疑わしげなけれどもおらあは嘘は云わねえ、おらは慥《たしか》にこの手で猪打権右衛門を討取ったのだ」

「貴公の猫打殿はまあ其方《そちら》へ引込めて呉《く》れ」

鼻の九十郎《くじゅうろう》がおでこの突出た頭を小さな肩の上で張子《はりこ》の虎のように揺りながら、

「拙者大坂の折には天王寺口にあって、いや天王寺口と安くは云うまい、あそこは真田丸《さなだまる》でがっしと固めた謂《い》わば大坂城の大手だ」

「お、おらあが談《はなし》をぶってるにあぜ横からそうしゃしゃ張り出るだあ」

「まあそう喚くな、貴公の猫打殿などは」

「猫打ではねえ猪打だ、猪打権右衛門だ、道明寺《どうみょうじ》口ではは、あ、山川賢信《やまかわかたのぶ》の旗下で二と下らねえ豪傑だ、嘘は云わねえ八幡かけて猪打権右衛門は豪傑であった」

「待つべし待つべし」荏柄《えがら》宮内《くない》が団扇《うちわ》のような手で空気を引掻き廻しながら呶鳴《どな》りだした。

「貴様たちは天王寺だことの猫打だことのと埒もない高慢を並べるが、まあ聞け、今日という今日こそこの荏柄宮内が本当の戦場談を聴かしてやる」

「猫打ではねえぞ、、おらあはっきり断って置くが猫打ではねえぞ」

奥州三春城《おうしゅうみはるじょう》の外曲輪《そとぐるわ》にある侍大将苅屋《かりや》源太兵衛《げんたべえ》の頼士《よりし》長屋では、今日もまた新規御取立ての勇士たちが酒を囲んで騒いでいる。

時は元和五年の晩秋。

大坂役が終ってから四年目で、諸国の大名たちは争って勇士豪傑を召抱えていた時代である。これは徳川氏の天下一統と共に各藩領地が一応安定し、それにつれて小身から大身に昇った大名が多いので、内外の辺幅《へんぷく》を飾るためもありまた、戦国の余風として名ある勇士を尊重したためである。徳川頼宣《よりのぶ》が福島家の浪人大崎玄蕃《おおさきげんば》を八千石で抱えたのを初め、多少知られた人物は千石二千石で羽の生えたように売れて行った。

三春城の秋田家でもその世風に洩《も》れず、頻《しき》りに浪人者を取立てているのだが、どうも余り目星《めぼし》い人物はいないらしい。侍大将苅屋源太兵衛に預けてあるこの五人も、名目は大坂役の豪傑ということではあるが、大酔して自ら語るところを聞くとどうやら自慢の出来るほどの者ではなさそうである。

「貴様は猫打々と大層らしく云うが、一体その男は何者なんだ」

「是はたまげた、おのし猪打権右衛門を知りさらんのか。いや是は大たまげだ、猪打権右衛門を知らんで大坂陣に働いたとは」

「妙な事を云うなこれ、拙者は天王寺口で真田の先鋒と槍を合せたが」

「道明寺口じゃ、山川賢信は道明寺口を固めてあった、然《しか》れば猪打権右衛門も道明寺口にあったが正《しょう》じゃ、おらあはあ嘘は吐《つ》かねえ」

「どうしてまた嘘を吐かないのだ、え？　なにか後暗いことでもあるかよ」

「ぐ、な、なにを云いさる、なにを」

「鎮まれ」

長屋の大戸を明けて破鐘《われがね》のように呶鳴った者がある。

「やっ、おい鎮まれ、お旗頭《はたがしら》だ」

荏柄宮内の声で一遍にみんな声をのんだ。一同の頼親、苅屋源太兵衛である。

「馬頭鹿毛之介《ばとうかげのすけ》はいるか」

「はあ、その、馬頭めは先刻その、馬を洗うとか申しまして」

「誰か迎えに行って来い」

「はっ」

大海《おおうな》鱒八がむくむくと立上った。

「屋敷の方へ来るように申せ、急ぐぞ」

源太兵衛の声から逃げるように、鱒八は裏手へとび出して行った。

奥州三春は名駒の産地で、城中にも廐《うまや》が並び、家臣たちは身分に応じて何頭、何十頭と飼立ての責任を負っている、苅屋の預っている廐《うまや》は外曲輪の空濠に添ってあった。……鱒八がやって来たのはその空濠で、其処《そこ》ではいま大肌脱ぎになった男が、一人の娘と一緒に馬洗いをしているところだった。

男は頼士の一人で馬頭鹿毛之介。

娘は源太兵衛の二女で萩枝《はぎえ》という。……十八という年に比べて四肢の育ちきった体つき、裾《すそ》を端折《はしょ》り袂《たもと》を背に結んだ甲斐々々しい支度でせっせと馬足を洗っている。

眉間の広い、眼鼻だちのおおらかな、力のある健康な美貌だ。惜気もなく露《あら》わにした脛《すね》も、腋の下まで見えそうに捲《まく》りあげた二の腕も、光の暈《かさ》を放つほど白く豊かである。

「だいぶ上手になられましたな」

「不器用者で、さぞ……御笑止なことでございましょう」

「いや御覧なさい、此奴《こやつ》め」

鹿毛之介は馬の平首を叩いて「さも心地好さそうに眼を細くして居りますよ、畜生でも矢張り佳《よ》き人の世話は冥加《みょうが》に思っているのでしょう」

「……まあ」

二

萩枝は唇を右へ曲げる癖の微笑を見せながら優しく睨《にら》んで、「それは鹿毛之介さまの事ですわ、貴方のお手が掛ると馬という馬はみんな猫のように温和《おとな》しくなって、……誰をも近寄せない『荒波』でさえ鹿毛之介さまには耳を伏せるのですもの、憎らしいくらいでございますわ」

「それで馬頭鹿毛之介と云うのでしょうか、殊《こと》に依ると前世は馬だったかも知れませんよ」

「若《も》しそうでしたら日本一の名馬だったでございましょう」

二人は声を合せて笑った。

「叱っ、叱っ、そんねな声で笑いさって」

鱒八が両手で押えつけるような恰好をしながら走って来た。

「お旗頭が長屋へ来てござるぞ、若し聞えでもしたらどうしめさる」

「なにを独《ひと》りで慌てているんだ」

「なにがって、おらあはあ」鱒八は眼を白黒させながら、「鹿毛之介は何処《どこ》だってえ呶鳴らしったで横っ飛びにやって来たのだ、きっといつもお嬢様をこんな処へそびき出していることが」

「これこれ、口を慎まぬか」

「うんにゃあ、おらあは知っているだ、おらあには隠さねえでもいいのだ、それあ表向は馬洗いを教えるという事になってるだが」

「よしよし、おまえの察しの良いことは分った」鹿毛之介は苦笑して、「それで、馳けつけて来た用事はそれだけか」

「いんにゃ、屋敷の方へ直《す》ぐ来いと云わしってだ、えらく怒ってござる様子だからおらあが思うには、きっとお旗頭はこのことに感付かれたに違いない」

「無駄言はよせ」鹿毛之介は馬盥の水をうちまけながら、「それでは拙者は御用を伺って来るから、おまえ代りに此処でお手伝いをして呉れ」

「……鹿毛之介さま」

萩枝は気遣わしそうな眼で見上げた、鹿毛之介は静かに笑いながら、「なに直ぐ戻って来ます」と云って肌《はだ》を入れた。

馬頭鹿毛之介は巌《いわお》のような肩を持った六尺近い偉丈夫である。……浅黒い顎骨の張った顔は、濃い一文字眉とひき結んだ唇を中心に凜々しい力感をもち、その声調は静かであるが腹の底から出る強い響が溢れている。

彼は二年前、河内守俊季《かわちのかみとしすえ》が大坂から三春へ入部する途中で召抱えられたもので、大坂役には水野勝成《みずのかつなり》の陣場を借りて戦った浪人隊のなかで働いたという。……浪人が陣場を借りて戦うということは関ケ原で終っているが、事実は大坂陣でもかなりあったらしい、殊に水野勝成の陣場で働いた夏目図書《なつめずしょ》という人物は、百余人の浪人隊を率いて奮戦し、道明寺磧《どうみようじがわら》に於ける五月六日の戦争を圧倒的な勝利に導いた殊功者であった。

馬頭鹿毛之介はその夏目図書の旗下で働いたというので、河内守に拾われたのだが、まだ正式に家臣としての秩禄《ちつろく》はなく源太兵衛の頼士として扶持を受けているに過

ぎない。……尤《もっと》も是は鹿毛之介が自ら望んだことで、

――御当家に取ってなんの手柄もないのだから人並の食禄は要りません、馬の世話でもして粟飯《あわはん》一椀頂ければ結構です。

とたって給禄を拒んだのである。

それで今日まで約二年、源太兵衛の頼士長屋で、大海鱒八、荏柄宮内などと共に扶持されながら、専念に三春駒の飼立てをやっているのだった。

「お召しなされましたそうで」

屋敷の大庭で待っていた源太兵衛は、鹿毛之介を見るといきなり呶鳴りつけるように「怪《け》しからん、どうするつもりじゃ」と唾を飛ばしながら云った。

「儂は貴公を信じて間違いのない人物じゃと思っていた、然るに是はなんとした事だ」

「仰せの意味がよく分りませんが」

「なに、訳が分らんと？」

「なにか拙者に越度《おちど》でもございますか」

「落着いている場合ではないぞ」

源太兵衛はどっかりと広縁に腰を下ろしながら、太い指を突出して云った。

「貴公、大坂陣には何処で働いた」

「今更改めてのお訊ねはどういう訳か存じませんが、夏目図書の浪人隊に加わって水野様の御陣場で働きました、むろんかねて申上げた通りでございます」

「夏目図書の下にいたということは事実だな」

「なにかお疑いがございますか」

鹿毛之介の平然たる態度とは逆に、源太兵衛はひどく急きこんでいる。

「事実なら訊ねるが、貴公当家へ随身するとき夏目図書の身上についてなんと云った」

三

「それは、……申上げました通り、大坂役の終ると共に故郷へ隠遁《いんとん》なされたと承《うけたま》わりましたが」

「貴公はそう云った」源太兵衛は又しても太い指を振りながら、「夏目図書は道明寺磧の勇士、あっぱれ豪勇の士として諸大名が懸命に捜していた。噂に依れば薄田隼人《すすきだはやと》兼相《かねすけ》を討取ったのも彼だという、御当家に於ても是非彼を召抱えたい思召で、この源太兵衛が捜し出す役目を仰付かった。……ところが、貴公は夏目図書は山中へ遁世して了《しま》った、捜しても無駄だというので、その趣を言上《ごんじょう》したのだ」

「それに相違ないと存じましたが」

「存ずるも存ぜぬもない、夏目図書はいま相馬《そうま》家に召出されておるぞ」

「それは、……それは不思議な……」

「なにが不思議だ、大膳亮《だいぜんのすけ》殿は千石でお召抱えになったという、お上にはそれを聞召《きこし》れて大変な御立腹、是非とも当家へ引抜いて参れという御厳命だぞ」

鹿毛之介は合点がいかぬという風で、「然し慥《たしか》に夏目殿は隠遁なすった筈ですが、なにしろ世俗の慾《よく》の無い人で」

「今更そんなことを申しても当人が相馬家に抱えられたのだから仕様があるまい……捜し出して召抱える役を申付かっていた拙者の責任として、相馬家から当家へ引抜いて来いという御上意は辞退することが出来ぬ」

「御尤《ごもっと》もでございます」

「なにが御尤もだ、犬や猫と違って人間だぞ、それも諸国の大名方が随身させようとして争っていた豪傑だ、一旦他家が召抱えたものを、此方へ引抜くなどという事が容易に出来ると思うか」

鹿毛之介は困惑したように眼を伏せた。

前にもちょっと触れた通り、当時の大名たちは争って勇士豪傑を召抱え、自分の家には何の某《なにがし》がいる誰と彼とがいるという風に、一種の見栄《みえ》にもしていた時である。……秋田河内守も同様であったが、残念ながらまだ是と云って世間に誇れるほどの豪傑が手に入らない、ばかりでなく、大坂以来眼をつけていた夏目図書を、まんまと相馬大膳亮に召抱えられて了ったのだから、

――是が非でも引抜いて来い。

と厳命を下したのは無理からぬ次第であろう。

「お旗頭《はたがしら》……」

鹿毛之介がやがて顔をあげた。

「夏目殿が本当に相馬家に随身し、また河内守様がどうしても此方へ引抜けという仰せでしたら、そう難かしい事ではないと存じますが」

「難かしくないと云って、なにか法があるか」

「お旗頭がもし御自身でおいでなさるのでしたら、愚案を申上げましょう」

「むろん、儂が自分で参る」

「それなら五百石お増しなされませ、相馬家は千石、夏目図書殿に千石は安うござい

ましょう、千五百石出すと云えば必ずはなしは纏《まとま》ります」

「なるほど愚案だな」源太兵衛は蔑むように、「あっぱれ勇士豪傑たる者が、五百石ぐらい多く出すからと云ってそう無造作に主人を変えると思うか、馬鹿なことを申せ」

「然し士は己を識る者のために死すとも申します。福島浪人の大崎玄蕃は徳川頼宣《よりのり》侯に八千石で召出されました。夏目殿にしても千石より千五百石の方がおのれの真価を認められる訳で、同じ仕えるなら自分の価値を認める者に仕えたいのは人情でございましょう」

「ふうむ、……それも、理窟だのう」

「そのうえ相馬家が譜代の主君というでもなく、いわば売物買物でございますから、これはきっと談がまとまるに違いありません」

源太兵衛は腕組をして考えこんだ。

——士は己を識る者のために死す。

この場合には少し的外れの譬《たと》えだし、そう云いながら鹿毛之介も笑いを噛殺《かみころ》している様子であったが、藁《わら》をも掴みたい源太兵衛にはひと理窟に思えたらしい。

「よし、思い切って当ってみよう」

やがて決然と眼をあげた。

「物事は当って砕けろだ、いざとなったらまた思案も出るだろう、幸い部下に在った貴公も当家に居るのだから、それを話したら……」

「それは困ります」

鹿毛之介は驚いて遮った。

「困る？　なにが困るのだ」

「いえ実は……その、……いや、こうなったら申上げますが」鹿毛之介はひどく困惑した様子で、「実は拙者は、夏目図書殿とは面識がないのです。つまり、大坂陣で水野様の御陣場で働いたのは事実なのですが、夏目殿の旗下にいた訳ではなかったのです」

「なに、な、なんと云う」

「夏目殿の旗下にいたと申上げたのは随身したいためで、実は全く違うのです、ですからどうか拙者のことは御内聞に」

「……呆れた男だな、貴公は」

四

「どんな御用でございましたの？」

萩枝は戻って来た鹿毛之介を見ると急いで走寄った。

「父は怒って居りまして？」

「怒っていました」鹿毛之介は苦笑しながら、「呆れた奴だと呶鳴られましたよ」

「まあ、……済みませぬこと、萩枝が無理に馬洗いのお教えを願ったのが悪かったのでございますわ、わたくしから父に訳を話して」

「いや、はははは、違います違います」

「……………」

「叱られたのは其事《そのこと》ではありません。大坂陣の嘘が露顕したのです、夏目図書の旗下で働いたと云えば召抱えられることが分ったものですから、そう云って御当家に随身したのですが、妙な事からたった今それがばれて了ったのです。それで叱られました」

「まあ、……では貴方は……」

「大坂で働いたのは事実ですが、夏目の部下ではありませんでした、貴女《あなた》も……お怒りになりますか」

「いいえ、いいえ」萩枝は強く頭を振った。「わたくし鹿毛之介さまを……御立派な方と存じますだけで、例え大坂陣で働いたことがお有りなさらなくても、わたくしの心には少しも変りがございませんわ」

「豪傑でなくてもいいのですか、馬頭鹿毛之介などいう馬飼い侍でも……」

「そんな風に御自分を仰有っては悲しくなります。もうその話はやめに致しましょう。そして早く『荒波』を洗ってやって下さいまし……さっきから待兼ねてあのようにないて居りますわ」

「宜しい」鹿毛之介は明るく云った、「あいつが本当に拙者を呼ぶのか、それとも実は貴女を呼ぶのか、今日はひとつ本音を吐かしてやるとしましょう」

「まあ、貴方《きま》に定って居りますわ」

「定っているかどうか、さあ行きましょう」

えへん！　という声が叢《くさむら》の中から聞えた。然し二人の耳に入らなかったのか、そのまま揃って廐の方へ登って行った。

「やれやれ、おらあも辛いぞ」

叢の中からむっくり起上ったのは鱒八であった。……彼は眼を細くしながら二人の後姿を見送っていたが、やがて大息をつきながら独言《ひとりごと》を云った。

「立派だなあ馬頭は、誰がなんと云っても、おらあは馬頭の家来分になる心組《つもり》だあ、あいつはきっと偉くなるに違えねえだあ」

そうかしらん？

十日ほど過ぎた或日、鹿毛之介は源太兵衛に呼ばれた。……中村から戻った許のところらしく、然も非常な機嫌である。

「御帰城おめでとう存じます」

「やあ馬頭か、喜んで呉れ旨くいったぞ、上々の首尾で大役を果したぞ」

「夏目殿は御承知なさいましたか」

「貴公の言葉が役に立っての」源太兵衛は嬉しそうに声をひそめて「士は己を識る者のために死す、夏目図書ともある人物が千石で安んずる法はない、当家では千五百石で是非とも御随身を願う、……斯《こ》う申したらな、遉《さすが》に夏目殿も分りが早い、如何《いか》にも士は己を識る者のために死すという、それほど自分を認めて呉れるなら御意に任せようと、直《すぐ》に話が定ったという訳じゃ」

「矢張り拙者の愚案が当りましたな」

「許すから威張れ、はははは」

はははと笑い応ずる鹿毛之介を、源太兵衛は極上の機嫌で押えながら、「直に皆を集めて呉れ、披露をしよう」と云って立上った。

忽《たちま》ち家来たちが集められた、預っている槍足軽《やりあしがる》二十人も加わって押合いへし合い大庭へ居並ぶと、間もなく源太兵衛が現われた。

「みんな集ったな、よし」広縁《ひろえ》の端まで出てずっと見廻しながら、「今日は一同に喜んで貰いたい事がある。皆もかねて知っていよう、大坂陣に道明寺口で勇名を轟《とどろ》かした浪人隊の旗頭、夏目図書重信《しげのぶ》殿、数年来我が君がお捜し遊ばしていた豪傑夏目殿を、此度当家へお迎え申すことが出来たぞ」

わっと大庭がどよみ上った。

「お目通りまでのあいだ当分この屋敷に客分として御滞在になる。一同もお目にかかって御武運にあやかるがよい、静かに」

そう云って振返る。……すると奥から、のっしのっしと一人の偉丈夫が出て来た。正にのっしのっしという感じである、背丈は六尺三寸もあろうか、猛牛のような偉軀、眉太く眼鋭く、力そのもののような顎は鬚《ひげ》の剃り跡青々として、まさに威風凜然《りんぜん》たる相貌である、……彼は広縁まで進出ると、のしかかるような調子で云った。

「拙者が夏目図書じゃ、見覚えて置け」

五

「腹じゃ、腹じゃ！」拳骨で自分の腹をだぶだぶ叩きながら、「その上にも腹、最後まで腹じゃ、……とこう云われた。剣槍弓射の類《たぐい》は技の末節、大丈夫が戦場に臨んで必勝するところのものは、でんと据《す》えた腹ひとつにある、とこう云われた、さすがに天下の豪傑たる者は考えが違うぞ」

ぐいと酒を呷《あお》って、荏柄宮内は唇を横撫でにしながら一座を見廻し、「然るに我々はどうだ」と拳骨を突出して叫んだ、「剣法がどうの槍術がどうの、やれ馬の弓のと詰らぬ事に暇を潰して居る。馬鹿げたことだ、馬鹿げたことだぞ。我々は須《すべか》らく英雄豪傑たれである。足軽小者に類する末節を捨てよ、腹を養え腹を！　さらば天下は即ち我らの掌中にあるんだ」

「そうだ。腹だ、腹だ、腹だ」

富田《とみた》七兵衛《しちべえ》がつんのめるように喚いた。

みんなそれに和した。

夏目図書が来て以来、この頼士長屋の面々はすっかり逆上して了った。彼等とても幾度か戦塵を浴び、生死の境を潜《くぐ》って来たのである。そして是からもまた剣を執って征馬《せいば》を遣《や》る機があるであろう。然るに一方は夏目図書として千石、千五百石と諸侯から引張《ひっぱ》り凧《だこ》にされ、片方は頼士長屋で蟄伏《ちっぷく》しなければならぬ、……これなんの故ぞと疑っているところへ、図書から「腹だ腹だ」と云われたのである。

——剣槍弓射の法などは足軽小者の技に過ぎぬ、英雄豪傑たる者はもっと大きく、でんとひとつ腹を据えて動かぬ胆力が必要だ。大行《たいこう》は細瑾《さいきん》を顧《かえり》みずと云うぞ。

そう煽《おだ》てられたのだから、みんな一時にくわあっとのぼせあがって了ったのだ。事実、図書がこの屋敷へ来てからの挙措《きょそ》言動は豪快を極めていた。朝起きるとから の酒で、言葉通りでんと腰を据えたまま浴びるように呑む。酔えば調子も節も度外れな声で放歌する。よく聞いていると、

——ああ　やんれさの　やんれさの　ああやんれさの　やんれさの　やんれさの。

何処まで行っても同じ言の羅列《られつ》なのだが、文句などに拘《こだ》わらぬところが実に壮絶で、なるほど豪傑というものは末節に関わらぬものだという気がする。

——ああやんれさの　やんれさの　なんだおまえたち、なにをきょろきょろしちょる。腹だ、腹だ、腹を据えて呑め。豪傑たる者が小さなことにくよくよするなッち、

おまえらの事はこの夏目図書が引受けたぞ、さあ歌え、やんれさの　ああやんれさのやんれさの。

ざっとこういう次第である。

おまえたちの一生は引受けたぞ。……天下の豪傑からこう云われて感奮しない者はなかろう、左様、みんな感奮した。

——大行は細瑾を顧みずだ。

みんな腹を据えた。

——些々《ささ》たる小事がなんぞ、豪傑たる者は小さな事にくよくよするなッち。

という訳で、頼士長屋の人々は俄に大人物の腹構えを持ち始めたのである。

是は一種の熱病であった。

そして此事実は、誰にも咎《とが》めることは出来ないであろう。夏目図書はどこ迄も夏目図書であり、荏柄宮内たちは逆立をしても荏柄宮内たちでしかないのだが、豪傑たらんとする熱情、大人物たらんとする欲望の点では甲乙がないのである。彼等がそう欲する限り一朝有事《いっちょうゆうじ》の際には英雄豪傑たり得るかも知れないのだ、なんぞ感奮せざるを得んやである。

然し此処に唯一人だけ、その熱病に取憑かれない男がいた。大海鱒八である。……

彼はまえから馬頭鹿毛之介が好きで、若しこんど戦争でもあるような時には、進んで鹿毛之介の馬の轡《くつわ》を取ろうと覚悟しているくらいだった。

ところが夏目図書が現われてからというものは、苅屋源太兵衛はじめ屋敷中の人気が、まるで嵐に吹捲られるような勢で図書に集り、鹿毛之介のことなどてんで忘れ果てたような有様になって了ったのだ。

——なにが豪傑だ。

鱒八は腹を立てた。

——酒を呑んで威張るだけが豪傑なら、この鱒八などは大豪傑だ。歌といえばやんれさのやんれさの、けッ、なにがやんれさだ、おらあが覚えてるには、あいつは石運び人足が唄ってたもんだぞ。

同じ歌でも観方に依るとこうなって了う。

「おい鱒八、貴様そんな処でなにを呆《ぼん》やりしとる、呑まんのか」鼻の九十郎が振返って喚いた、「ひとつ底の抜けるほど呑んで、また猫打殿との一騎討ちを一席ぶて、聴いてやるぞ」

「やれやれッ鱒八、貴様この頃豪傑らしくなくなったぞ」

「やかましい、おらあは」

呶鳴《どな》り返そうとして鱒八はひょいと振返った。

六

長屋の外に遽《あわただ》しい跫音《あしおと》がして、萩枝がさっと走込んで来たのだ。

「……あ、どうなさいました」

「馬頭さまは」

顔が蒼ざめている、鱒八はすぐ土間へとび下りながら、「廐の方にいると存じますが」

「夏目さまに追われていますの、父は御殿へあがって留守だし……」

「此方から出てお逃げなさいまし」

鱒八は素早く萩枝を裏口へ導き、引戸を明けて外へ出してやった。

萩枝は乱れている髪を撫でながら、気もそぞろに廐の方へ走って行った。

……丁度そのとき、空濠から馬を曳いて上って来た鹿毛之介がそれを認めて、「何処へおいでなさる」と声をかけた。

「ま、鹿毛之介さま」

「どうしました」

「……口惜しゅうございます」

おおきな楡《にれ》の木がある、その木蔭のところで、萩枝はそう云って走寄ると、思わず噎《むせ》びあげながら鹿毛之介の胸へ身を投げかけた。

「一体どうしたのです。なにごとです」

「夏目さまが、……無礼なことを」

「無礼なこと」

鹿毛之介の眼がくわっと耀《かがや》いた。

「今日だけではありませんの、初めの夜からもう酒に酔うと、婢《はした》たちにお戯《たわむ》れなさいますし、わたくしにまで厭らしいことを仰せられたり、黙っていれば袖《そで》を摑み手を握り……今日などは父が留守なものですから」

「それで逃げて来たのですか」鹿毛之介は娘の体を引離して云った、「貴女は何歳になります？」

「…………」

「貴女は武士の娘だ、やがて武士の妻になるべき人だ、それがこんな事くらいに取乱して逃廻るなどとは何事です」

「……でも、鹿毛之介さま」

「父上も在《おわ》さず拙者も居らず、四辺に頼るべき者のいない場合にはどうしますか、……武家に生れた以上、例え女子少年でも事に当って身一つの始末をする覚悟はあるべき筈、そのように心弱いことでは、武士の妻には成れませんぞ」

萩枝ははっと男の眼を見上げた。

強い言葉とは反対に、男の眼は深い愛情の色を湛《たた》えて見下ろしていた。

「あさはかでございました」萩枝は涙を押拭《かしぬぐ》って呟くように、「つい……取乱しまして、どうぞ今日の事はお忘れ下さいまし、萩枝はきっと……」

「やあ、はははは此処においでか」

咆えるような声と共に、夏目図書がずしんずしんと近寄って来た。

「捜したぞ捜したぞ、人馴れぬ牝豹《めひょう》に手を噛まれて、快い痛みがずんと骨身に耐えた、陸奥《むつ》の娘たちは手強《てごわ》いが、そこがまた此道の味というものじゃ、さあ来やれ、いま一度その珠のような歯で噛まれてみたい」

「御機嫌でござるな」

鹿毛之介が静かに萩枝を背へ庇った。

「英雄色を好む、矢張り豪傑たる御仁は濶達《かったつ》でよい。それでなくては天下に名を成すことは出来ますまいな」

「誰だ貴公、……ははあ」夏目図書は酔眼を剝いて睨みつけた、「ははあ、大坂陣で拙者の旗下にいたとか、嘘を云って当家へ仕官した男じゃな、たしか名は……」

「馬頭鹿毛之介と申します」

「それよ、馬頭、馬の頭だな、うん、よいよい、偽りにもせよ拙者の名で仕官が出来たのだから、以後も眼をかけてやるぞ」

「はあ、呉々も宜しく」

「大丈夫、貴様の生涯は引受けた。そこで退《の》いて貰おうか、萩枝どのは拙者の妻になるべき人だ、挨拶をして向うへ行け」

萩枝は身震いをしながら鹿毛之介を見た、然し此方は平然たるもので、「それは祝《しゅう》着《ちゃく》ですな、貴殿のような豪傑の妻になれるとあれば、萩枝どのもさぞ本望なことでござろう、……が先ず、此処は兎も角お引取りなさるが宜うござる。こいつは荒馬で暴れだしたら始末におえませんから」

「荒馬だと、わはははは」

ぐいと曳出した馬を見て、図書は腹を揺りながら笑った。

「荒馬などがなんだ。拙者は大坂道明寺口の合戦で、薄田隼人兼相を討取った……」

「ああそら、暴れだしたぞ」

鹿毛之介の右手がちらと動いた。馬は鋭く嘶《いなな》きながらぱっと棹立《さおだ》になった、不意を喰った図書は煽られたように横へのめる。

「危い！　お、押えろ」

「お逃げなさい、蹴殺されますぞ」

「お、押えろ、押えて呉れ、あ、危い」

「早くお逃げなさい」

七

図書は空濠の方へ逃げだしたので、斜面に足を取られてごろごろと転げ落ち、そのまま恐ろしい勢で疾風のように逃去って行った。

「はははは御覧なさい、奔馬《ほんば》豪傑を走らすの図です。いや、逃足の早いこと」

「鹿毛之介さま」萩枝はそんなことには眼も向けず、「いまの言葉をお聞きなさいまして……？」

「なんです、いまの言葉とは」

鎮った馬を引寄せ、平首を叩きながら鹿毛之介はけろりと振返った。

「わたくしを妻《めと》に娶るということですの、いいえ、出任せではございません、夏目さまは父にもそう申込んだ様子でございますわ」

「ほう、……してお父上は」

「父は、あの通り、すっかり夏目さま贔負《ひいき》でございますから、恐らく……」

「貴女の覚悟を拝見できるところですね」

鹿毛之介は静かに云った。

「貴女は秋田家の侍大将の娘だ。自分の覚悟さえ決っていればどんな困難に遭っても狼狽はしない筈、分っていますね」

「……はい」

「ひと言申上げるが、拙者は間もなく退身するかも知れません」

「まあ」

「そらまた驚く」鹿毛之介は轡を持替えながら、「そう詰らぬ事にすぐ驚くようでは、武士の妻にはなれませんぞ、……三春へ来た拙者の目的はもう果したのです、もう是以上留っている要がなくなりました、だから近く退身することになるでしょうが、そのときの、貴女の覚悟を確《しっか》り決めて置いて下さい」

そう云って、鹿毛之介は馬を曳《ひ》きつつ去って行った。

「飛驒《ひだ》の山奥ですよ、……」

「鹿毛之介さま！」


その翌々日のことであった。

三春城には水野日向守《ひゅうがのかみ》勝成の老臣、早瀬《はやせ》伝《でん》右衛《え》門《もん》が客として到着した。

水野勝成は大坂以来秋田俊季と親交があり、今度勝成が郡山《こおりやま》六万石から備後《びんご》福山十万石に移封されたので、その祝いの使者を遣わしたのへ、答礼として老臣早瀬伝右衛門をよこしたのである。

折もよし河内守俊季は夏目図書を召抱えたので、これを伝右衛門に見せて自慢しようと、酒宴を設けながら直ぐ苅屋源太兵衛にその旨を命じ、更にまた、

――ただ目通りをするだけでは面白くないから、酒宴の庭前で試合をさせるよう、家中から然《しか》る可《べ》き者を選んで来い。

と申附けた。

源太兵衛はすぐ老臣たちと協議して、旗下の中から会田《あいだ》内膳《ないぜん》という者を相手に選び、自分は屋敷へ図書を迎えに戻った。

愈々千五百石の豪傑の披露である。

然も大坂で図書が陣場を借りた、水野家の使者の前で初の披露をするのだから、世話役たる源太兵衛すっかり張切っていた……するとその支度の最中に、馬頭鹿毛之介が是非お話し申上げたいことがあるからと面談を願い出た。

鹿毛之介は図書引抜きに助言されているので、今日の吉報も知らせてやろうと居間へ呼んだ。

「……御用中でございましたか」

「うん、今日はこれから夏目殿の御前披露があるでの、時に話というのはなんじゃ」

「余り突然で不躾《ぶしつけ》かも知れませぬが」

鹿毛之介は無造作に云った。

「萩枝どのを妻に頂戴したいのです」

「な、……」

なにをと云おうとしたまま源太兵衛は舌が動かなくなった。そして鼻の穴が大きくふくらみ、呻《うめ》くような太い鼻息を洩らすと、

「ばかな、ばかな、なにを云う」と喚きだした、「萩枝は儂の秘蔵娘だ。あっぱれ天下の勇士豪傑に妻《めあわ》せようと丹精籠めて育てて来たのだぞ。一体、いや一体貴公はどれだけの人物か」

「どれだけの人物かと仰せられましても」

「いや、話が出たから聞かせるが、萩枝には夏目図書からも是非にと申込まれているのだ、それでも貴公は自分に呉れなどと大胆な事が云えるか」

「それは、夏目殿は天下の豪傑でございましょう、然し拙者とても武士として夏目殿に後を取らぬ覚悟はございます」

「そうかも知れぬ、ふむ」源太兵衛は嘲るように云った、「実際また貴公の方が夏目殿より強いかも知れんて、然し……それだからと云って夏目図書が天下の夏目図書であり、貴公は唯の馬頭鹿毛之介ということに変りはあるまい」

八

「なるほど、してみると大切なのは人ではなくてその名だということになりますな」

「武士は名こそ惜しけれ、当然のことだ」

だいぶ見当違いの譬えだが、是は先日の鹿毛之介の譬えに対して、巧まざる竹篦返《しっぺ》しになったから妙である。

「では致方《いたしかた》がございません」

鹿毛之介は微笑しながら云った、「もう此上お願いは致しますまい、然し念のために申上げますが、お旗頭は拙者の方が夏目殿より強いということを今お認めになったのですな」

「いや貴公の方が強いなどとは云わん、物の譬えにただ」

「武士の一言は金鉄と申します。夏目図書殿は名だけで千五百石、扶持米《ふちまい》取りの馬頭鹿毛之介にも及ばぬ名ばかりの豪傑……是は評判になりましょう」

「ばかなことを、そんな根もないことを貴公は触れ歩く気か」

「触れ歩かなくとも分ることは」と鹿毛之介は座を立ちながら云った、「やがて萩枝どのを拙者が妻に申受けるという事実です。いや、どう仰有ろうと覚悟は決っているのですから、ただ念のために申上げて置くだけです」

「待て、待て、そんな無法なことを」

まるで気を呑まれた源太兵衛、本来なら言下に叱り飛ばせるべきものが、妙に圧倒されたかたちで語句が継げない、すると其処へ、「ならんぞ鹿毛之介」と喚きながら、すっかり支度の出来た夏目図書が入って来た……いま部屋を去ろうとしていた鹿毛之介が振返る、その鼻先へ大股に近寄りながら、「萩枝どのの事はまあ措《お》く、其方いま拙者を名ばかりの豪傑と申したの」

「お耳に入りましたか」

「扶持米取りの馬飼いより弱い、名だけの千五百石と申したの、……勇気のある奴だ、夏目図書のいる処でそれだけ云い切った者はない、褒めてやるぞ」

「それは御親切な……」鹿毛之介はにやりと笑った、……とたんに図書は真赤になって拳を挙げながら、「苅屋氏、これから御前で家中の士と立合う相手、この鹿毛之介にして下されい、余の者では立合いませんぞ、この鹿毛之介を相手に真実いずれが強いかお眼にかける、頼みましたぞ」

まるで猛牛の咆《ほ》えるような声であった。

当の図書の望みだし、源太兵衛に取っても失言の禍《か》を断つ好機なので、直ぐ御殿へ上って老臣たちに計《はか》ったうえ、遂に御前試合は図書と鹿毛之介ということに決定した。

場所は新御殿の庭。

河内守俊季は侍女、近習《きんじゅう》と共に上座で、客の早瀬伝右衛門はやや下って、静かに酒宴を続けながら待兼ねている、……やがて身仕度をして二人が庭前へ式退《しきたい》した。

夏目図書は三尺二寸はあろうという無反《むぞり》の木剣、鹿毛之介は二尺そこそこのものだ、……検分役として階下に蹲《うずくま》っているのは苅屋源太兵衛である。

式退が済むと、二人はあいだ二間ほど隔てて左右へ別れた。

分りきった事だが、当時の試合は素面素籠手《すめんすこて》に木剣だから、腕の一本や肋骨の一本くらいぶち折られるのは普通で、下手をすると致命に及ぶという荒っぽいものである、……みんな息を殺して見戍《みまも》るうちに、図書は木剣をさっと大上段にすりあげながら、

「えーい」


第一声と共にじりりと出た。

鹿毛之介は動かない。

呼吸にして十二三、図書は第二声を放ちながら跳躍して打ちを入れた、満身の力を籠めた木剣を叩きつけるような体勢である、真面に受けるべきものではない、体を躱《かわ》すであろうと見たが、鹿毛之介は逆に踏出しざま、

「えいッ」


と初太刀《しょたち》で相手の木剣をはね上げ、二の太刀で肩を打つと共に二間あまり後へ跳退《とびの》いた。

瞬《また》く暇もない早業だ。

図書の木剣は遠く泉水の畔《ほとり》まで飛び、図書の巨体はへなへなと其場へ俯《うつぶ》せに倒れ

た。……御殿の上も下も、あっと眼を瞠《みは》ったまま暫《しばら》くは声も出ない。

「……お旗頭」鹿毛之介は御前に向って拝揖《はいゆう》すると、呆《あき》れている源太兵衛に、「医者に診せておやりなさい、肩の骨は折れていようが死なずには済む筈《はず》です、御免」

そう云って去ろうとした。その時、……今まで昵《じっ》と試合の様子を見ていた客の早瀬伝右衛門がつかつかと立って来て、「お待ちあれ夏目氏」と声をかけた、「早瀬伝右衛門でござる、よもやお見忘れはござるまいが」

あの時ばかりは胆がでんぐり返ったとは、苅屋源太兵衛が後に告白したところである。単に源太兵衛だけではなく、恐らく列座《れつざ》の人々全部が胆《きも》を潰《つぶ》したに違いない。……なにしろ二年のあいだ源太兵衛の頼士として、些々《ささ》たる扶持米を貰いながら黙々と馬の飼立てをやっていた彼が、実は天下諸侯の捜し求めていた夏目図書その人だったというのだから、これは驚くのが当然である。

鹿毛之介……ではない、真《まこと》の図書は直ぐ主客の席へ召出された。

「挨拶が済むか済まぬに、河内守は、「さりとは心憎い」と盃を与えながら、「仮名《かめい》を使って住込まずとも、名乗って参れば食禄《しょくろく》に糸目はつけなかったものを、無論このまま当家へ随身して呉れるであろうな」

「恐れながら其儀は辞退仕《つかまつ》ります」図書は静かに笑って云った、「早瀬氏にも御存じの如く、曾《かつ》て大坂役の折にも日向守様（水野勝成）よりの御懇望を辞して世を隠れましたので、何方《いずかた》にも御随身は仕らぬ所存でございます。……原来」

と微笑を浮べながら、「泰平の今日、諸侯方《かた》が争って豪傑を求められるのは、深き理由もない見栄の如きもので、そのため騙り者の豪傑に高禄を与えるという結果にも及びます。御当家には素《もと》より御譜代の家臣方あり、幾十百年のあいだ御家のために身命を賭《と》し、忠勤を励んだ人々でございます。それでも千石、千五百石という高禄を頂く御仁は少うございましょう。……如何に天下の豪傑と雖《いえど》も、曾て御家になんの功なき者を、高禄にてお召抱え遊ばすというは譜代の御家臣を軽んずるも同様、恐れながら武将たる道とは存じ兼ねます」

そう云ってぎろりと見上げた図書の眼を、河内守は真面に受止めることが出来なかった。そして益々その人柄に惹付《ひきつ》けられた様子で、「……如何にも、いまの言葉は尤《もっと》もだ、豪傑を抱えて飾物にしようとしたのは過《あやまち》であった。では改めて頼む、無禄、客分として当家に随身して呉れぬか」

「有難き仰せですが其儀も平に……」

「ではなんのために当家へ来たのだ、なんのために今日まで、変名して源太兵衛の許に身を寄せていたのか」

「御当地は名駒の産地、その飼立てにも独特の法ありと伺いましたので、それを学ぶためにまいりました。然しどうやらその望みも果しましたし」と云って図書はにっと笑った、「……また他に又となき土産《みやげ》も出来ましたゆえ、一日も早く飛騨へ帰り、生涯を馬の飼立てに尽したいと存じます」

「又となき土産、……土産とはなんだ」

「……苅屋どの」

図書は振返って、静かに笑いながら云った。

「言上しても宜しゅうござろうな、萩枝どのを妻に頂戴してまいると」

矢押の樋
やのしとい

一

「あれはなんだ、衣類のようではないか」

外村《とのむら》重太夫《しげだゆう》は扇子で陽《ひ》を除けながら、立停って顎《あご》をしゃくった。城の内濠《うちぼり》の土堤《どて》の上に、衣服と大小がひと束《たば》ねにして置いてある、六月早朝の太陽は、ぎらぎらと刺すような烈しい光を射かけているが、まだ四方には人の姿も見えない刻限だった。

「加兵衛《かへえ》、此処《ここ》へ持って来てみい」

「はっ」

供の者が直《す》ぐに登って、衣服と大小を抱えて来た。……すると、それをみつけたのであろう、土堤の向うから慌てて呶鳴《どな》る者があった。

「おい、それを持って行っては困るぞ、持主は此処にいるんだ、返して呉《く》れ」

「……誰かおります」

加兵衛が窺《うかが》うように見上げると、重太夫は身軽に土堤へ登って行った。……内濠の水面にぽかりと頭を浮かして、一人の若侍が泳いでいるところだった。顎骨の張った、眉の太い眼の大きな、そして全体にどこか剽軽《ひょうげ》た印象を与える顔だちをしていた。

「不届者《ふとどきもの》、なにをしておる」

重太夫が大声に叫ぶと、若者はあっと大きく眼を瞠《みは》った、相手が勘定奉行《かんじょうぶぎょう》だということを認めたらしい、ひょいと頭を下げるような身振をしたと思うと、そのままずぶりと水の中へ潜ってしまった。土堤の上から濠の水際までは急斜面で二十尺ほどもある、だから重太夫の立っている場所からは、広い濠の水面が隅々まで一望だった、それにも拘《かかわ》らず、いちど水中へ沈んだ若者はなかなか浮上って来なかった。

——何処《どこ》かで見たことのある顔だ。

そう思いながらお暫《しばら》く待っていたが、早出仕を控えているので、やがて重太夫は土堤を下りた。

「儂《わし》は独《ひと》りでまいるから、其方《そのほう》は此処で見張っておれ、誰の組で名はなんと申すか、確《しか》と取糺《とりただ》して来るのだ」

「畏《かしこま》りました」

「慥《たしか》めるまで衣類を渡してはならんぞ」

念を押して置いて重太夫は登城した。

彼が役部屋へ入ると、既に出仕していた蔵方《くらかた》の長谷《はせ》伊右衛門《いえもん》が、待兼ねたように、一通の書状を手にして側《そば》へ来た。……重太夫はそれが、数日来待っていた大坂蔵屋敷《くらやしき》からの書状だということを直ぐに察した。そして伊右衛門の眼色が明かに、書面の不首尾を語っているのをも見逭《みのが》さなかった。

「どう申して来た、矢張りいかぬか」

「よほど奔走した様子でございますが、奥羽《おおう》諸藩一様に買付けが殺到しておりますのと、肥後《ひご》、尾州《びしゅう》、中国諸国が今年も不作模様とのことで、現銀《げんぎん》仕切りならでは到底覚《おぼ》束《つか》なしとの文面でございます」

「……やむを得まい」

重太夫はふっと天井を見上げるようにしたが、「……では折返し斯《こ》う云ってやれ、資金に就《つい》ては公儀へお貸下げを願っている、必ず近日中に為替を送る手筈《てはず》になるであろうから、いや相違なく送るから、兎《と》に角《かく》買付けの約束を纏《まと》めて置くように」

「お言葉ではございますが」

伊右衛門はそっと眼をあげながら云った。

「お貸下げ願いの事は、公儀に於てお執上《とりあ》げにならぬという、江戸表からの書状がまいったと承わりましたが」

「……いま申した通りだ、申した通り書いてやればよい」

「然し買付け約定《やくじょう》を纏めまして、いざ為替が送れぬと相成りましては、蔵屋敷一同の進退谷《きわ》まる仕儀に成ろうかと存じますが」

「金は送ると申しておる」

重太夫は不必要なほど大きな声で遮《さえぎ》った、伊右衛門は口を噤《つぐ》んで、昵《じっ》と勘定奉行の表情を覓《みつ》めていたが、やがて静かに自分の席へ立って行った。

延宝八年から天和元年、二年とひどい天候不順で、奥羽一帯は五穀不作が続き、同三年の春からは処々に飢饉状態が現われ始めていた。……羽前国向田藩《うぜんのくにむこうだはん》は幕府直轄に準ずる地として、松平　河内守《まつだいらかわちのかみ》が三万石余を領していたが、同じく旱害《かんがい》のため殆《ほとん》ど山野に生色なく、城下、農村の疲弊は極めて深刻だった。それでも向田藩は伊達家の押えとして置かれたものであり、一朝事《いっちょうごと》ある場合のため幕府の命で豊富な貯蔵米を持っていたし、また平常から備荒《びこう》食品の研究の普及している地方なので、春まではどうやら持越して来た。然《しか》し夏月に入ると共に窮乏は蔽《おお》うべからざるものとなり、一方では僅な例外を除いて、大部分の田地が植付けも出来ぬ状態であったから、農民たちは絶望して不穏な空気が漲《みなぎ》りだして来た。……そこで藩では非常倉の一部を開くと共に、江戸、大坂への糧米買付けを督促したが、是が資金の足らぬため一向に埒《らち》が明かないのである、それは米の大出廻り地方が不作模様であるのと、奥羽諸国の大藩が一時に買付けて来たので、現銀仕切りでないと商人が動かなくなっていたからであった。

二

——お貸下げを願う他に策はない。

老職たちの望みはその一点に懸っていた、そして借款《しゃっかん》願いを出したのだが、幕府では折から綱吉《つなよし》が五代将軍を継ぎ、政治改革を急いでいる時であったのと、向田藩には前将軍時代から片付かぬ借款があるため、江戸邸を通じての出頭は拒否されてしまった。然しそれで済む場合ではない、国許老職は相談のうえ、改めて矢押監物《やのしけんもつ》を使者として江戸へ送った。

監物はまだ二十九歳の青年だが、矢押家は家老職たる家柄で、現国老の塩田外記《しおたげき》には娘婿に当っていたし、後任国家老としては外記以上に嘱望されている人物だった。……彼は娶《めと》って間のない妻を弟に托し、

――出来る限り努力を致します。

と固い決意を見せて出府した。

重太夫はそのときの監物の眼をよく覚えている、そして必ず任務を果して来て呉れると信じている、だから蔵屋敷へも自信を持って買付けの督促が出せたのだ。

「唯今あがりました」

伊右衛門が退《さが》って暫くしてから、濠端へ残して置いた加兵衛が上って来た。

「どうした、分ったか」

「はい、……それが」加兵衛は四辺《あたり》を憚《はばか》るように云った、「矢押《やのし》の梶之助《かじのすけ》どのでございました」

重太夫は水面に浮いていた先刻《さつき》の顔をはっきり思出した。矢押梶之助とは、いま江戸に使している監物の弟である。

「なにか申しておったか」

「何処の流も干あがっているのに、お濠だけは満々と水がある、遊ばせて置くのは勿体ないから水練をしているのだと申しておりました」

「不届きなことを」

重太夫は烈しく眉を寄せたが、他言を禁じて加兵衛を退《さが》らせた。

矢押梶之助は二十五歳になる。兄の監物が明敏寡黙な老成人であるのに、彼は少年の頃から我の強い乱暴者で、兄弟の亡き父監物は口癖のように、梶之助は矢押一家の瘤《こぶ》だとさえ云っていた。……いま家中若手の者たちは、五ヵ所に設けてあるお救い小屋の仕事や、また田地へ水を呼ぶための井戸を掘ろうとして、連日の炎暑を冒《おか》して山野に働いている、それは多くの人手と、馴れないための非常な困難の伴う労働だった。けれど体力のある若者たちは競って困難に当り、農民たちの先に立って働いた。……ところが、こういう情勢のなかで梶之助だけは別だった、お救い小屋へも助《すけ》に出ないし、水脈捜しにも出ない、そのうえ暇さえあると城外北見村の豪農、吉井幸兵衛《よしいこうべえ》の家へ碁を打ちに通っていた。噂には取上めもないが、幸兵衛には加世《かよ》という美しい娘があり、梶之助はその娘に執心で通っているのだとも云う、そういう穿《うが》った陰口は別としても、彼に対する家中の悪評は今はじまった事ではなかった。

――仕様のない男だ。

重太夫は幾度も舌打をしながら呟《つぶや》いた。

――監物どのの留守に間違いがあってはならぬ、なんとかしなくては。

然し事務は寸暇もなく忙しかった、お救い米が既に不足しかかっているので、一日も早く補充して呉れと急《せ》きたてて来る、買付け米が到着すればいいのだ、それまで藩倉の分を出して置く法はある、けれど重太夫の心の奥には、若《も》し江戸での借款が不成功に終ったらという一抹の不安があった。……向田藩の貯蔵米は幕府直轄のもので、特に許可のない限り、手を付けることは法度《はっと》である、今までは自分の腹一つを賭《と》して開放したが、是以上は主家の安危に関する事だ、……だから重太夫はいま、老職一同の意見を拒《しりぞ》けて固く藩倉の鍵を握っていた。

午後からお救い小屋を見廻りに出た、五ヵ所に設けた施粥所《せがゆじょ》の他に、医療所と、家を失った窮民たちのために長屋が三棟建ててある。飢餓に迫られた幾十家族、幾百人という数が、老人も幼児も、男も女も、みんな憔悴し切って、生きた顔色もなくがつがつと粥を啜り、施薬を受けていた。

——もう暫くの辛抱だ、我慢して呉れ。

——もう直ぐ大坂から米が来る、そうしたら存分に喰べられるぞ、辛抱して呉れ。

彼は祈るような気持で心にそう呟きながら見廻って行った。

三

その翌朝であった。

例の如く早出仕で、城中内濠の土堤まで来た重太夫は、昨日と同じ場所に、同じ衣服大小が、まるで嘲弄《ちょうろう》するように脱捨ててあるのをみつけた。……供の者があっと云うのを、重太夫は静かに制して、

「ちょっと此処に待っておれ、誰かまいったら気付かれぬように取繕《とりつくろ》って置くのだ」

そう命ずると共に土堤へ登って行った。

水際の石垣の上に、下帯《したおび》ひとつの裸で、昨日の若者が立っていた。二十五歳の健康な体を、斜に射しつける朝の日光に惜気もなく曝《さら》したまま、頻《しき》りに紙片を小さく千切っては濠の水面へ振撒いている、……さっきからやっているものとみえて、風に飛ばされた紙片は、まるで落花の流れ漂う如く、かなり広い範囲の水面に散らばっていた。

――埒《らち》もない、なんという馬鹿な、悪戯《いたずら》を。

重太夫はそう思いながら、なお暫く黙って見ていると、やがて若者は静かに両耳へ唾を含ませ、石垣を伝いながらずぶりと水の中へ入って行った。……正に矢押梶之助である、むろん彼の方では、重太夫が見ていることなどは知らない、巧に濠の北側の方を泳ぎ廻っていたが、やがてひょいと身を翻《ひるが》えして水中へ潜った、十呼吸ほどして浮上ったと思うとまた潜る、如何にも独《ひと》り悠々と水に戯れている感じだ。

三度めに浮上ったとき、

「なにをして居られる、矢押どの」

重太夫が鋭く呼びかけた。……梶之助は振返って、慌てて潜ろうとしたが、もういちど烈しく名を呼ばれたので観念したか、ひどく具合の悪そうな泳ぎ振りで戻って来た。

「早く上って来られい」

「……唯今」

急きたてられるのを構わず、悠々と上って来た梶之助は、其処でまた髪毛を押絞ったり、耳の水を切ったりしている、……重太夫は斜面を下りて行った。

「場所柄を憚《はばか》らずなんという事をなさる」

「……はあ」

「世間の有様を考えたら、独《ひと》り水練などしている場合ではござるまい、それも野外遠くでもあれば格別、この内濠で水浴びなどとは不心得せんばん、余人に見られたらなんとなさる」

「まことにどうも」梶之助は低く頭を垂れた、「早朝ではあり、人眼にはつくまいと存じて」

「馬鹿なことを申されるな、当お城の内濠構えは、他国のどんな城濠とも違って重要なものだ、それゆえ水の深さ、落口の造りなどは秘中の秘にされている、そのもとの家柄は藩の老職、それらの事情を知らぬ筈はござるまい」

「……はあ、まことにどうも」

「監物どのの留守中、斯様な事が役向へ知れたらどうなさる。家中一統、領民の末に至るまで困窮と闘っている時だ、我儘勝手も程にせぬと申訳の立たぬ事になり申すぞ」

黙って頭を垂れている梶之助を暫く睨《ね》めつけていたが、やがて重太夫は土堤を登って立去った。

梶之助はそれを見送ってから、大きな眼をもういちど濠の方へ振向けた。……そして水面の一部を昵《じっ》と覓《みつ》めながら、肌着を取って体を拭い、土堤を登って着物を着た。……背丈が五尺八九寸もあるので、袴を着け大小を差すと、いま裸で叱られていた恰好とは見違えるように立派な姿だった。

屋敷へは帰らず、城外へ出た彼は、煎《い》りつけるような日射しのなかを、北見村の豪農吉井幸兵衛の家へ訪ねて行った。

吉井家は土着の豪農で、領内随一と云われる大地主だし、その屋敷へはしばしば藩主が駕籠《かご》を枉《ま》げ、また名義だけではあったが士分扱いとして扶持《ふち》を貰っていた。……五十余歳になる当主幸兵衛は常に病気勝ちであるため、広い屋敷内に別棟の家を建て、家政は一子幸太郎《こうたろう》に任せきりで、自分は娘の加世に身のまわりの世話をさせながら、殆ど隠居のような暮しをしていた。

来つけている屋敷で、殊に出入りの自由だった梶之助は、裏門から入って隠居所の方へ庭を横切って行った。……すると梨畠《なしばたけ》の脇のところで、向うから水手桶を提げて来た一人の娘と出会った。娘は梶之助を見るとさっと頬を染めた、そして直ぐに手桶を下へ置き、襷《たすき》を外しながら、

「おいであそばせ」

と叮嚀《ていねい》に挨拶をした。……然し梶之助は娘の様子など気付かぬ風で、軽く目礼を返したまま大股に通過ぎて行った。

娘はそっと男の後姿を見送った。十七八であろう、どちらかと云うと小柄なひき緊《しま》った体つきで、睫毛《まつげ》の長い眼許《めもと》に心の温《あたた》かさの溢れるような表情がある、然しいま梶之助の後姿を見送る眸子《ぼうし》には、哀れなほど悲しげな、頼りなげな光が滲出《にじみで》ていた。……此家の娘加世であった。

四

「ございましたか」

「有った、それも二ヵ所は慥《たしか》だと思う」

前庭に赤松の林を配した簡素な住居である。主人幸兵衛は膝の上に両手を揃え、病身らしい痩せた体を前踞《まえかが》みにしている。……梶之助は畳の上に懐紙《かいし》を拡げ、硯箱《すずりばこ》を引寄せてさらさらと図を描きながら語を続《つ》いだ。

「此処に一ヵ所、それから此方に一つ、かなり強く噴出ているようだ」

「そうかも知れませぬ、一の濠から四の濠まで、例年より水位は多少低くなっても、あれだけの水量が絶えぬところを見ますと、……噴口から出る量は相当でございましょう」

「それで樋口《ひぐち》を此処へ附け、馬場の上から斯う畷手《なわて》へ引いて来るとして、樋作りの木は直ぐに集ろうか」

「急場のことで木さえ選みませんければ、わたくし共へ貯えてあるだけでもどうやら間に合おうかと存じまするが。……然し矢押さま」幸兵衛はふと眼をあげて云った、

「今になって斯様《かよう》なことを申上げるのは如何《いかが》かと存じますが、この樋掛けは本当にお上からお許しが出るとお思いでございますか」

「出る、お許しは必ず出る」

「お城というものは、石垣の石一つ動かすにもむつかしい掟があると伺いますが、この樋掛けは大切なお濠を干すのも同様。わたくしにはどうもお許しは出まいと考えられてなりません」

「それは是までも繰返して申した通り、必ず拙者が引受ける、大丈夫お許しは出る。……だから幸兵衛どのは出来るだけ早く樋作りを始めて貰いたいのだ」

幸兵衛は凝乎《じっ》と膝の上の手を覓《みつ》めていたが、やがて静かに顔をあげた。

「宜しゅうございます、直ぐ人手を集めて仕事を始めると致しましょう」

「それから、表向お許しの出るまでは、なるべく仕事も人眼につかぬように頼む。こういう事は先に洩れると失策《しくじ》り易いから」

「承知致しました、わたくし自分で差配をすることに致します。……若しこの樋掛けが首尾よくまいりますれば、百姓共も他国へ逃げようなどという考えは捨てることでございましょう」

幸兵衛の声は哀訴するような響を持っていた。

いま彼が云う通り、城下近傍《きんぼう》十二ヵ村の農民たちは、窮乏に耐え兼ねてこの土地を捨去ろうとしていた。元来この地方は十年ほどの間隔をおいて、周期的に旱害《かんがい》、冷害に見舞われている。それが今度は三年も続けざまの旱害で、見る限りの田地は干あっている、唯一ヵ所、北見村の一部に十町歩ばかり、辛うじて植付けの出来た田があった、彼等は食に飢えている以上に青いものに飢えていた、青い稲田に飢えていた。彼等はその僅《わずか》な十町の稲田を見ることで、どうにか希望を繋《つな》いで来たのである、然しその十町田も、水の不足から将《まさ》に枯死しようとしている。

——もう駄目だ、北見の田もいけない。

——幾ら苦労してもこの土地では無駄だ。

みんな絶望してそう思いはじめた。

——もっといい土地へ行こう、農作に安全な土地へ行こう。

梶之助は幸兵衛からその事情を聞いた。十余ヵ村の農民が結束して退国するような事が、若し実現したとしたらどうなる、更にそれが伝わって領内到るところに波及したとしたら、……恐らく拾収のつかぬ騒動になるだろう、どんな方法を以《もっ》てしても、是は未然に防がなければならぬ事だ。梶之助はいま幸兵衛の助力で、その必至の方法を実行しようとしているのである。

「粗茶でございます」

ほどなく着替えをした加世が、静かに入って来て茶と菓子とを勧めた。

「これは珍しい」梶之助は娘の方へは眼も呉れずに、無造作に手を伸ばして菓子を摘《つま》んだ。

「砂糖漬けの杏子《あんず》とは久方振りだ」

「お口には合いますまいが」幸兵衛は笑って娘を見やりながら云った、「加世めが自慢の手作りでございます、はしたない物でついぞお出し申したこともございませんが、こんな物も斯様な折にはお口汚しにはなりましょう」

「是が拙者には子供時分からの好物だった。武家は貧乏なものだから、砂糖漬けの菓子などは中々口に出来ないものです」

「お口に合いましたら、別にお屋敷へお届け致します、娘はこのような事が好きで、いつも手まめに作っておりますから」

「それは忝《かたじ》けないが」と梶之助はにべもなく云った、「こういう美味《うま》いものを始終食べつけると、口に奢《おご》りがついていけないものだ、邪魔にあがる折々頂ければそれで充分です」

「そう仰有るほどの物でもございませんが」

走って来る人の跫音《あしおと》がしたので、幸兵衛はそう云いかけたまま振返った。……母屋の方から幸太郎が、矢押家の若い家士を導いて来たのである。

「お客さまにお使いでございます」

五

「なにか急な用か、平馬」

「江戸表より急使でござります、方々お捜し申しました、直ぐお帰りを願います」

「兄上からの使者か」

「……はい」若い家士はつと近寄り、ひどく震える声で囁《ささや》くように云った、「江戸表にて、旦那さま御切腹と……」

「なに！　兄上が御自害」

梶之助の大きな眼が燐《りん》のように光った。

直ぐに幸兵衛の許を辞して出た彼は、烈しい炎天の道を夢中で急いだ。……いきなり真向を殴りつけられたような気持である、然し予想しなかった事ではない、出府して行く時の兄の眼が、どんな決意を示していたか梶之助は忘れはしない、兄の気質の隅々まで、熟《よ》く知っていた彼は、努めて打消しながら実はこうなる事を惧《おそ》れていたのである。

屋敷の中は混雑していた。

国家老であり、嫂《あによめ》の実父である塩田外記をはじめ、北園五郎兵衛《きたぞのごろべえ》、赤松靭負《あかまつゆきえ》、森《もり》井大蔵《いたいぞう》、それに勘定奉行外村重太夫などが、すでに客間へ集っていたし、なおまた後から次々と人が馳けつけて来つつあった。……嫂のなつ女《じょ》は、極めて落着いた態度で客の接待をしていたが、梶之助の顔を見た刹那に、泣くような表情を颯とその眸《ひとみ》に走らせた。

「何処へ行っていたのだ」塩田外記は銀白の眉の下から鋭く睨めつけながら、梶之助が坐るのも待たずに叱りつけた。

「留守を預る責任の重い体で、いつもそう出歩いていてどうするのだ、おまえが気楽に遊んでいるあいだに、兄監物は江戸表で切腹して果てたぞ」

「それでお役目はどう致しました、お役を果して死にましたか」

「役目が果せれば切腹には及ばぬ」

「……では、では」

「伊十郎《いじゅうろう》、話して聞かせい」外記がそう云って振返ると、末席にいた内野《うちの》伊十郎が顔をあげた。……急使に走《は》せつけた疲労であろう、蒼白く憔悴《しょうすい》して、痙攣《ひきつ》ったような眼をしていた。彼は監物に附いて江戸へ行った家士の一人である。

「……申上げます」伊十郎は手をついて云った、「旦那さまには御出府以来、さまざまに御苦心をあそばしましたが、公儀の御意向は中々以って動かず、恐れながらお上にも、もはや諦めよと再三仰せあった由に承わります。……それでも旦那さまは望みを捨てなさらず、大老堀田《ほった》備中守《びっちゅうのかみ》さまはじめ、老中《ろうじゅう》若年寄の方々を一々お訪ねのうえ、膝詰めのお掛合いをあそばしました――けれどそれも是も」伊十郎は喉へなにか衝上《つきあ》げて来るのを、懸命に抑えながら語を継いだ、

「凡《す》べての御努力が無駄となり、旦那さまには責を負って、今月十二日の巳《み》の刻四つ(午前十時)、……遂に御切腹でございました」

「死ぬことはなかった」外記が呻《うめ》くような声で云った、「既にいちどお執上《とりあ》げにならぬと決ったものを押返して二度の願いに出たのだ、不首尾は初めから分っていた、死ぬことはなかったのだ、然し余人なら知らず、監物は生きて帰る男ではない、……惜しい事をした」

「惜しい人物を殺しました」

外村重太夫が声を震わせて云った。

みんな粛然《しゅくぜん》と声をのんだ。

梶之助の頭は舞狂う光の渦でいっぱいだった。兄がどんな気持で死んだか、彼には掌《たなごころ》の物を見るように理解することが出来る、……兄は努力したのだ、努力したが遂にそれは不首尾に終った。然し兄が自殺したのは不首尾の申訳のためではない、主命の重さを示したのだ。主家の使命を帯びた者がどう身を処すべきか、その唯一の道を示したのだ。

——兄上、お見事でございました。

梶之助は心で泣きながら叫んだ。

弔問の客がすっかり帰り去ったのは、もう黄昏《たそがれ》に近い頃であった。……最後に塩田外記を送り出したなつと梶之助は、急にひっそりとなった家の中で、新しく盛上って来る大きな悲歎を、初めてまざまざと互いの心のなかに感じ合った。

二人は仏間へ入って行った。仏壇には燈明《あかし》が瞬いていた、そして、香の煙がその光暈《こう》《うん》のなかでゆらゆらと条《しま》を描いていた。……なつ女は水晶の数珠《じゅず》を指に掛け、小蠟燭《ころうそく》を代えながら静かな声で云った。

「お仏前が寂しゅうございますのねえ」

「…………」

「お花を上げたいのですけれど」

梶之助はそっと嫂の後姿を見上げた。

「まだいけないのだそうでございますの。……お通夜の済まぬうちは、お花を上げるものではないと申します」

落着いた静かな声音《こわね》であったが、手が泣いていた。……わなわなと震える指につれて、水晶の数珠が微かに冷たい音を立てている。梶之助は膝の上でぐっと拳を握緊《にぎりし》めた。

六

監物の死は大きな波紋を描きだした。

借款が失敗に終ったとすれば、差当って糧米の買付けが出来なくなる。唯一のたのみを絶たれた家中の狼狽もひどかったが、早くもそれを伝え聞いた領民は騒然と動揺し始め、一刻も忽《ゆるがせ》にならぬ状態となって来た。……そこで外村重太夫は、勘定奉行の責任を以て藩倉の米を開くと触出したが、然しそれより早く、城下近郷十余ヵ村の農民が結束して、正に土地を去ろうとしているという報知が老職たちを驚かした。

――若しそれが事実なら一大事だ。

――他処《よそ》へ広がらぬ内に取鎮めねばならん。

――然しどうしたら喰止められるか。

国老塩田外記はじめ、全重職が城中黒書院に集って緊急の協議を開いた。……だが事ここに至ってなんの策があろう、今日までに有らゆる手段を尽して来た。唯一つの希望が絶たれたという抜差しならぬ感じが、誰の頭にも重たくのしかかっていたのである。

同じところを堂々巡りするだけで、協議は直に行詰りへ来た。

「事態はさし迫っている、なにか手段はないか」

外記は焦り気味に声を励ました。

「捨置けば大事に成るのだ、然もそれは目睫《もくしょう》に迫っている、仕方が無ければ、法を用いて退去する者を縛らせてもよい」

――外記がそう云いながら、手にした扇子を荒々しく置いたとき、

「恐れながら申上げたい事がございます」と矢押梶之助が初めて膝を乗出した。……彼は亡き兄の跡目として協議の席へ出ていたが、自分の発言すべき最も良い機会を摑むためにそれまで黙って待っていたのである。

「……申してみい、なにか思案があるか」

「唯一つだけございます」外記の不快そうな眼を見上げながら、梶之助は確信のある調子で云った、「十余ヵ村の農民が結束して退去しようとしますのは、ただ飢餓に迫られている、糧米が無いというだけの理由ではございません。彼等は水が欲しいのです、青い稲田が欲しいのです。幾周年めかには凶作に見舞われ、その度に手も足も出せなくなるというこの根本をどうにかしたいのです、この点に新しい的確な希望を与えない限り、例えいま余るほど糧米を恵んだところで、彼等の決心は動きは致しません」

「それでどうしろと云うのか、この地方が幾周年め毎に凶作に見舞われるのは事実だ、然しそれをどうする事が出来る、……百姓たち自身に手も足も出せぬ事が、我々の力でどう解決出来るのだ」

「いま差迫っての問題を申上げます、内濠の水を彼等に与えて下さい」

外記も列座の人々も、言葉の意味を疑うように、振向いて一斉に梶之助の顔を見た。

「内濠の水を、どうせいと云うか」

「城壁の一部を壊して樋を通し、先ず北見村の田へ水を引くのです、すれば」

「馬鹿なことを申す！」外記が膝を打って烈しく遮った、「城壁へ樋を通して内濠の水を干せと？　其方それを正気の沙汰で申すのか、梶之助、如何に其方が物知らずでも、武士として城縄張りの重大さを心得ぬ筈はあるまい」

「如何にも、よく存じて居ります」

「知っていてなぜ左様なことを申す、城壁の石一つ動かすにも、公儀のお許しを得なければならぬ厳重な掟があるのだぞ、殊に当城の内濠は格別のもので、いざ合戦の場合にはこうと、軍略のうえに大きな役割を持って居る、その大切な濠へ樋を通し、水を干すなどという馬鹿な事が出来ると思うのか」

「例えまた矢押どのの申す通り」外記の怒りを執成《とりな》すように、老職の一人赤松靭負が口を挿《はさ》んだ、「若し内濠へ樋を掛けることが出来るとしても、高の知れたお濠の水量ではどれ程の役にも立たぬであろう」

「いや水の多寡《たか》ではない、当城の護りは内濠に懸っている、濠を空にすれば、伊達藩の押えとして置かれた城の意味が無になってしまうぞ」

人々は口を揃えて非難し始めた。

向田の城は高城である、丘陵の上に在って脊《せ》に陸前《りくぜん》国境に連る山塊を負っている、だから敵に攻撃された場合には、その高い位置を利用して、濠の水を一時に切って落すという策が秘められていた。……そんな戦法がどれだけ実際の役に立つか、考えるまでもなく分りきった話である。然し封建的な当時の人々は実際の価値判断をするより先に、「城」という存在の全部を無条件で受容れていた、彼等にとって、その「城」は既に神聖そのものだったのである。

「御意見はよく分りました、然しお待ち下さい」

梶之助は些かも確信の動かぬ調子で、非難の声を遮りながら語を継いだ。

七

「仰せの通り城縄張りは重いものです、それは慥《たしか》に間違いありません。けれど農民たちはいま一滴の水でも欲しいのです、そして城にはそれが満々とあるのです。……彼等の干割れた田と、この濠にある満々たる水をお考え下さい、この二つだけを先《ま》ずお考え下さい………若し農を以て国の基《もと》とするのが事実なら」梶之助は押被せるように続けた、「彼等の苦しみをよそにして、徒《いたずら》に濠の水を守っている時ではありません。今こそ是を切って、彼等と苦しみを共にすべきです。彼等と苦しみを共にするということを、事実を以て示すべきです。濠の水がどれ程の役立ちをするかと仰せられた、如何にもそれはやってみなければ分りません。然し差当って北見の田を救うには充分だし、旨く引けばそれ以上に使える事も慥めてあります。御家老、……樋掛けをお許し下さい、是をお許し下されば、拙者が必ず彼等を取鎮めてみせます」

外記は唇をひき歪《ゆが》め、昵《じっ》と梶之助の面を見戍《みまも》っていたが、やがて白い眉をくっとあげながら云った。

「ならん。……」

「然しその他に手段がございますか」

「それとこれとは別だ」

食いつくような梶之助の眼から、外記は静かに顔を外《そ》らしながら云った。

「繰返して申すが、濠の水は素《もと》より石垣の石一つ動かすにも重い掟がある、国老としてその掟を破ることは出来ぬ、その意見は無用だ」

梶之助はぶるぶると拳を震わせた。

必ず通す、通さずには置かぬ、確信を以てそう考えていた事が徒労に終った。此処まで来れば彼の執《と》るべき法は一つしかない、決心は疾《とく》に出来ているのだ。……梶之助は席を立って退出した。

下城して内濠の土堤へかかった時である。

「矢押どの、……矢押どの」

そう呼びながら足早に追って来た者があるので、振返ると外村重太夫だった。急いで来たとみえて、肌着を徹した汗が帷子《かたびら》まで滲出《にじみで》ている、……そして側へ近寄るといきなり、「唯今は立派でござった」と感動した声で云った。

「先日は詰らぬ小言を云って、お詫びを申さなければならぬ。なにも知らなかったのだ、さぞ笑止に思われたであろう」

「そう仰せられるのは……」

「水練の意味がはじめて読めた、他の人々は知らぬが、拙者は御意見に感服したのです、それでお詫びがしたくてまいったのだが、……矢押どの、濠の水量は云われた通りでござるか」

「拙者は前後幾度も底へ潜《もぐ》って調べました、一の濠には噴口が二ヵ所あって、かなり強い勢いで噴出しております」

「どうしてお調べになった」

「千切った紙片を水面に撒きました。噴口の上に当るところは、浮いた紙片が円を描きながら散大します、それで噴口の位置も分り、また水の深さと、水面の紙片の散大する速さを考え合せて、凡《おおよ》そ噴出す量の見当をつけたのです」

紙片を飛ばしているのを見て、ただ埒《らち》もない悪戯をすると思った、……あのときの自分を、重太夫はいま新しく思出した。

「拙者は半月ほどまえに、農民たちが退国しようとしている事実を、北見村の吉井幸兵衛から聞きました。そしてそれを防ぐ手段はこうする他にないと思ったのです。然し兄の人望と智《さか》しさが無ければ、老職方の同意を得ることはむつかしい、兄が帰ったら助力を乞おうと考えていたのですが、……結局はこんな事になってしまいました、矢張り拙者では駄目だったのです。死んだ父からよく、貴様は矢押家の瘤だと云われましたが、こうなると矢張り、瘤は瘤らしくやるより他に仕方がありません」

「……矢押どの」

重太夫は燃えるような眼で、梶之助の顔を見上げた。……二人は暫く互いの眼と眼を見合せていたが、やがて重太夫は呻くように云った。

「後の事は引受けましたぞ」

八

「どうあそばしました」

その夜である。……突然訪ねて来た梶之助の表情を見て、出迎えた吉井幸兵衛ははっと胸を衝かれた。

「いけなかった」

「矢張り、そうでございましたか」

「それで別れに来た」

馬を飛ばして来た梶之助は、片手に持った樋をぐっと突出しながら、然し眉宇《びう》には微笑さえたたえて云った。

「幸兵衛どのは直ぐに人数を集め、樋掛けの用意をして馬場上まで出て貰いたい」

「……承知致しました」

梶之助がなにをしようとしているか、幸兵衛には分り過ぎるほど分った。

「誰にも迷惑は掛けぬ、始末は拙者が引受けるから、安心して仕事に掛るよう皆に伝えて呉れ、あとの事は勘定奉行が旨くやる。……では急ぐからこれで」

「お待ち下さいまし」

直に去ろうとする梶之助を、幸兵衛は縋《すが》りつくように呼止めた。

「是からお働きなさるのにいい物がございます、お手間はとらせません、ひと口召上っておいで下さいまし」

「……うん」

幸兵衛の眼を見て、梶之助は苦しそうに頷いた。……幸兵衛は次の部屋へ入ったが、直ぐに娘の加世を伴って現われた。娘はよろめくような足取で縁先へ出ると、……盆の上に載せた琥珀の杯を、静かに梶之助の方へ押進めた。

「手作りの杏子の酒でございます」

「……忝《かたじけ》ない」

梶之助は手を伸ばして杯を取った。

娘は思詰めたように、睫毛《まつげ》の長いつぶらな眸《ひとみ》をあげて、男の顔を見た。梶之助もその眸を見返した。……二人は今日まで、満足には言葉も交《か》わしたことがない。娘に執心で通っているという世評とは凡そ逆に、梶之助は出来るだけ加世の心を無視して来た。けれどそうする気持の底には、制することの苦しい愛情が育っていたのだ。

——いつかは。

いつかは娘を妻と呼ぶ日が来るだろう、そして別にそれは困難なことではないと思っていた、然し、今はもうそれも夢である。

——赦《ゆる》せ、悪いめぐりあわせだった。

梶之助はそう呟きながら、杯を呷《あお》って、もういちど娘の眸をひたと覓《みつ》めた。

「美味《うま》かった、加世どの。……杏子の酒は初めてです、梶之助は生れて初めて、杏子の酒を口にしました。若しまたこれが欲しくなったら、必ず貴女の手作りを馳走になります」

「……冥加《みようが》でございます」

加世は肩を震わせながらうち伏した。……智《さか》しくも二世を約する言葉だと分ったのだ。

——本望だ、あの方は加世の心を知っていて下すったのだ、女と生れた甲斐があった。去って行く梶之助の跫音《あしおと》を聞きながら、娘は激しく噎《むせ》びあげていた。

鍬《くわ》が閃めき、杉丸太が飛んだ。転げ落ちる石、崩れる土砂、闇を暈《ぼ》かして濛々と立昇る土埃、二十余人の半裸の人々は、夜半の城壁に向って、いま必死の戦を挑んでいる、指揮する梶之助も、二十余人の家士たちも、頭から土埃を浴び、淋漓《りんり》たる汗に浸っていた。……家士たちは梶之助のために死を賭した。数は僅か二十余人であるが、その死を賭した力は圧倒的なものを云った。夜半十二時に第一鍬を下ろしてから一刻あまり、内濠の北側に沿った石垣は、既に六尺ほどの幅で、上から下へ大きく切崩されている。

「もうひと息だ、これだけ切ればあとは水の勢いで崩れる、みんな頑張ってくれ」

梶之助はひそめた声に力を籠めて云った。するとその時、二の曲輪の方から、提灯の火と人影がふらふらと此方へ馳けつけて来た。……塩田外記であった。

「梶之助、梶之助はおらぬか」

「此処におります」

嗄《しわが》れた声で叫ぶ外記の前へ、梶之助が大股に進み出た。……外記の後には横目附《よこめつけ》と、その下役が五人いた。

「其方、……なにを、なにをしおる」

外記は喘《あえ》ぎながら叫んだ。

「協議の席でならぬと申したに、こんな馬鹿な事をしおって、其方、向田藩三万石を取潰すつもりか」

「それはおめがね違いです御家老」

梶之助は微笑を含みながら云った。

「将軍家の御威勢を以って築いた江戸城も、つい先年土地の緩みで、多くの石垣が崩れたではございませんか、このお城の石垣も、ながい旱《ひで》りで崩れだしたのです、拙者どもはいま、崩れた石垣を積直しているところです」

「止めい、問答無用じゃ、止めぬと容赦なく取押えるぞ」

「……みんな急げ」

梶之助は家士たちの方へ叫びながら、大きく一歩ひらいて云った。

「御家老、……繰返して申しますが、拙者どもは崩れた石垣を積直しているのです。……矢僅な人手ゆえ或は防ぎ切れず、内濠の水を切落すかも知れません、その罪は、……矢押梶之助の腹ひとつで申訳を致します、後で石垣を修築するときには、元から『樋』が掛っていたという事実を忘れないで下さい」

「待て、待て梶之助」

「江戸城の石垣も崩れる、向田の城の石垣も崩れる、自然の力は防ぎきれません、これで公儀への申開きは立つと思います」

「切れた、切れた！」

という家士の絶叫を聞いて、振返った梶之助の眼に、いきなり天空からのしかかるような、恐ろしく大きな黒いものが見えた。

「危い！　逃げて下さい！」

梶之助は力任せに外記を突飛ばした。

どうっという凄じい地響きと共に、石と水と土とが一緒になって、その強大な翼を力いっぱい拡げながら崩落して来た。……頭から泥水を浴びて、危くも逃げ延びた塩田外記は、その崩落する濁流と石垣の直下に、梶之助の逞しい体をはっきり認めたように思った。

——兄も弟も。

外記は奔流の暴々しい叫びを聞きながら、呆然と心に呟いていた。

——兄も弟も、……こうと決めると後へ退《ひ》かぬ奴だった。然し覚えて置くぞ、内濠の石垣には樋があったのだ、矢押の樋が。

梶之助は崩壊する石垣の下になって死んだ、そして再びその石垣が築上げられたとき、其処には城外へ引く大樋が掛けられていた。……梶之助の予想はかなり正確で、その水は北見村の十町田を生かし、更にその附近の田地を広く潤すことが出来た。考えようによれば、無論それは局部的な僅な効果でしかない、然し、……そういう場合には城濠の水も切ろうという、藩政の方向を示した事が重大であった。

農民たちの退国騒ぎは鎮った、事実をもって示された政治の方向が、彼等に新しい希望を植付けたのである。……それから幾春秋、人々は「矢押の樋」と呼ばれる樋口の畔で、一人の美しい尼僧が静かに誦経《ずきょう》している姿をよく見かけた。吉井幸兵衛の娘加世であった。

菊屋敷

一

志保《しほ》は庭へおりて菊を剪《き》っていた。いつまでも狭霧の霽《は》れぬ朝で、道をゆく馬の蹄《ひづめ》の音は聞えながら、人も馬もおぼろにしか見えない。生垣のすぐ外がわを流れている小川のせせらぎも、どこか遠くから響いてくるように眠たげである、……露でしとどに手を濡らしながら、剪った花をそろえていると、お萱《かや》が近寄って来て呼びかけた。

「お嬢さま、もう五つ（午前八時）でございます、お髪をおあげ致しましょう」

「おやもうそんな時刻なの」志保は眉を寄せるようにして空を見あげた、「……霧が深いので刻《とき》の移るのがわからなかった、それでは少し急がなくてはね」

「お支度はできておりますから」そう云いながらお萱は、まじまじと志保の顔を見まもり、まあと微《かす》かに声をあげた、「……たいそう今朝は冴《さ》え冴えとしたお顔をしていらっしゃいますこと、なにかお嬉しいことでもあるようでございますね」

「……そうかしら」志保は片手をそっと頰に当てた、「そういえば今朝はなんだかよいことがあるような気がして、……そんなことがある筈《はず》はないのだけれどね」

「そのように仰しゃるものではございません、虫の知らせというものはあるものでございますよ、それに今日は御命日でございますから、本当になにかよいことがあるかも知れませんですよ」

そうねと笑いながら、志保は花を持って家へあがった。

今日は亡き父の忌日《きにち》である。父の黒川一民《くろかわかずたみ》は松本《まつもと》藩士で儒官《じゅかん》を勤めていた。朱子《しゅし》に皇学《こうがく》を兼ねた独特の教授ぶりを以て知られ、藩の子弟のほかにかなり遠くからも教を受けに来る者があり、それらはみな、城下の南にあるこの栢村《かやむら》の別墅《べっしょ》の塾で教えていた。……一民が死んだのは二年まえのことだった。不幸にも男子がなく、志保と、その妹の小松《こまつ》という娘二人だけだったし、一民の遺志もあって、家はそのまま絶えることになったが、藩主の特旨で、栢村の屋敷に添えて終生五人扶持を賜わり、志保には村塾を続けてゆくようにとの命《めい》がさがった。妹の小松は五年まえに他へ嫁していた、越後のくに高田《たかだ》藩士で、栢村の塾生だった園部晋吾《そのべしんご》という者に望まれてとついだのである。晋吾は塾生のなかでも秀才であり風貌もぬきんでていた。小松も幼ない頃から美しく、少し勝気ではあるが頭のよいむすめで、二人の結婚はずいぶん周囲から羨《うら》やまれたものであった。そして夫妻は祝言をあげるとすぐ高田へ去り、父の葬礼に帰ったときにはもう二歳になる男子をつれていた。……正直にいって、そのとき志保は初めて妹に妬《ねた》みを感じた、ひじょうに激しい妬みといってもよいだろう。妹と違って志保は縹緻《きりよう》わるく生れついた。それはまだごく幼ない時からの悲しい自覚だった。そしていつからか、――自分は学問に精をだそう、結婚などは生涯しないで、父のように学問で身を立てよう、そう思って一心に父に就《つ》いて勉強した。生れつき素質があったのか熱心のためかわからないが、年を重ねるにしたがってめきめき才能を伸ばし、父の一民もおりにふれて、――おまえが男子だったら、と口にするようになった、けれどもそうして志保が十八歳になったとき、父は志保に学問を禁じた、――女としてはもう充分である、これからは筆算とか算盤《そろばん》などでも稽古《けいこ》するほうがよい、それは志保にとって生き甲斐を断たれるような思いだった。四つ違いの妹が日ましに美しく才はじけて、人の眼を惹《ひ》き、愛されてもゆくのをみるにつけ、かなしいうちにも、――いや自分には学問の道がある、やがては世に知られる学者になるのだ、という慰めがあった。その唯一の望みを禁じられたのである、志保はその後しばらくは、気ぬけのしたような気持で日を過したことを覚えている。だが父の本当の心は間もなくわかった。女が学者になるなどということを父はひじょうに嫌っていたのだ。もし結婚しないで独《ひと》り身を立てるにしても、手習《てなら》い算盤くらいを教えることで足りる、それ以上は女にはふさわしくないというのだ。気持のおちつくにしたがって、志保にも父の意志はよくわかった、——女はつつましく、という平凡な戒《いま》しめが、そのとき身にしみてわかったのである。どんなにすぐれた才能があろうとも、それを表にあらわさず控えめに慎ましく生きるのが女のたしなみだ、女には女の生き方がある、志保はおのれをふり返って、それまでのきおいこんだ気持が恥ずかしくなり、自分でもはじめてむすめらしい心の動きはじめることに気づいた。……だから小松が晋吾に嫁したときも、妹の仕合せをこころからよろこぶほかに、微塵《みじん》も他意はなかったのだが、二歳になる晋太郎《しんたろう》という子を抱いて来たとき、そしていかにも睦《むつ》まじそうな夫婦の姿を前にして、生れて初めての激しい妬みを感じた。女としての羨やみの情だけではない。自分には望むことのできない「愛児」というものへの強烈な嫉妬だったのである。

二

けれどそれからもう二年という月日が経《た》った。栢村のこの屋敷には、志保のほかに姉妹の乳母だったお萱と、老下僕の忠造《ちゅうぞう》がいるだけで、城下から一里余も離れた山里の明け昏れは、まるで僧坊のように静かな佗《わ》びしい暮らしである。ただ月の六日は亡父の忌日に当るので、藩にいる亡父の門下の青年十七人が来て展墓《てんぼ》をし、別棟になっている塾で半日ほど、旧師の追憶など語りあうのが例になっている。その日だけは志保も村塾を休み、集る人々の接待に楽しい日を暮らすのだった。

志保が髪をあげ、着替えをして、剪って来た菊を活《い》けていると、もう門人たち十七人が訪ねて来た。……いちばん年長の杉田庄三郎《すぎたしょうざぶろう》という青年が母屋の縁先へ寄って、

「今日は少し早めにお邪魔を致しました」と挨拶を述べた。

「午後から城中に御用がありますので」

「まあそれは」と志保は縁端へ出て残念そうに云った、「さぞお萱が残念がることでございましょう、今日はお昼餉《ひるげ》になにか差上げたいと用意していたようでございますのに」

「それはお気のどくを致しますな、ちょっと欠かすことのできない御用なものですから、それと……」庄三郎はふと眩《まぶ》しそうな眼で志保を見た、「じつはあなたに少々おたのみがあるのですが、塾のほうへいらしって頂けませんか」

「わたくしでお役に立つのでしたらお伺い申しましょう。ただ今お茶を持ってあがりますから、どうぞ皆さまお通りあそばして」

ではご免を蒙《こうむ》りますといって、十七人は庭から塾の建物へはいっていった。お萱と二人して、早熟のみごとな甘柿と茶を運んだ志保は、やがてむりやりに青年たちの上座へ坐らせられた。父の門人となって日の浅い者でも五年、杉田庄三郎などはもう十年を越すくらいであるが、一民が亡くなってからは志保をかたみのように思い、みんな必要よりも鄭重な礼をもって対した。しかしそのように席の上座へ据えるなどということは、そのときが初めてのことだった。

「どうしてこのような無理をなさいますの、父が存命でしたらなんと申すでしょう、わたくしいやでございますよ」

「いやこれがお願いの第一なんです」青江《あおえ》市之丞《いちのじょう》という青年が云った、「……われわれはこれからあなたに師事《しじ》するのですから」

「まあなにを仰しゃいます」

「青江の申すことは事実です」杉田庄三郎が口を挿《さしはさ》んだ、「……お嬢さまは先生から靖献《せいけん》遺言《いげん》の御講義をお聴きになったと思いますが」

「さあ、そのようなことがございましたかしら」

「お隠しなさることはありません、先生がご自分の勉強のためにお嬢さまへ講義をしていらっしゃる、そう伺がったことを覚えています、その講義を、こんどはあなたからわれわれがお聴き申したいのです」

「なんのことかと存じましたら」と志保は眼をみはった、「……そのようなおはなしでしたらわたくしなどのちからで及ぶことではございません、どうしてまたそんなことをお思いつきあそばしました」

「まあお聞き下さい」庄三郎はみんなの意見を代表するように膝《ひざ》を進めた、「……亡き先生のお教えは、朱子とはいいながら皇学が軸となっていました、いかなる学問も国体を明徴せずしてあることは許されない、すべては国に奉ずる心、義に殉ずる烈々たる壮志を土台として始まらなければならぬ。浅見《あさみ》氏の靖献遺言はその意味において好資料といえよう。先生はたびたびそう仰せられました。われわれはその先生のお心を継承したいと思うのです。遺言の書冊《しょさつ》はこちらの文庫にあるのでございましょう」

「書物はございます。みなさまのお気持もよくわかりました」そう云って志保はふと眼を伏せた、「……それでは二三日考えさせて下さいまし。そのうえでお返辞を申上げましょう」

「結構です。しかしどうか先生の御遺志を継ぐという点もお忘れなく、なるべくわれわれの望みをおかなえ下さい」

それで話は終り、志保は茶を替えに立った。茶菓が済むと、みんなで近くの正念寺へ墓参にゆき、いちど屋敷へ戻って、そこから門人たちは帰っていった。……志保は庭はずれまで送り、菊畑のところに立って暫《しば》らく見送った。菊畑といってもたかだか四五十株の、それも小花の黄菊だけであるが、父は「河内《かわち》」となづけてひじょうに愛していた。河内とは楠公《なんこう》を偲ぶこころを託したものであろうか、訊ねたことはないが志保はひそかにそう察し、今でも父の心がその菊に宿っているように思える。また村の人たちはこの家を菊屋敷と呼んでいるが、それも菊のみごとさを云うのではなく、亡き主人《あるじ》の大切にする気持から出たものであった、……どの株も今が咲きざかりで、あたりの空気は噎《む》せるほども高雅な香りに満ちていた。

「……今日はなにかよいことがあるように思った」志保は口の内でふとそう呟《つぶ》やいた、「……若い日の望みが還ってきたのであろうか」

三

世に知られる学者に成ろう、そう思ったあの頃のひたむきな情熱が、今また志保の胸をあやしく唆《そそ》った。女の身で書を講ずるなどということはおこの沙汰《さた》ともいえよう、けれども父の遺志を継ぎ、身についた学問を生かすことができれば、必ずしも無益とはいえない筈《はず》だ。自分は幼少から父のそばにいて親しく教えを受け、その学統《がくとう》の方向もわかっている。あの頃の情熱が残っているなら、これからでも充分にそれを生かしてゆけるに違いない。

「……それに」と志保は自分にたしかめるような調子で呟やいた、「あのじぶんのような浮《うわ》ついた高慢はもう無くなっているから」

浮ついた高慢という言葉には一つの回想があった。小松の結婚する少しまえのことだったが、或日、志保の居間へ文《ふみ》を入れた者があった。披《ひら》いてみると一首の恋歌がしたためてある。自分が美しからぬ娘で、人に愛されるようなことはないと固く信じていた志保は、それを門人たちの嘲弄《ちようろう》であると思い、屈辱感のためにはげしく身が震えた。そしてその恋歌が、どこかでたしかに読んだ記憶があるように思えたので、歌集をとりだしてきて丹念にしらべた、するとそれが実朝《さねとも》の金槐集《きんかいしゆう》のなかにあるものだということがわかった。そこで志保は父のいない折をみて、門人たちの集っているところへゆき、その歌をよみあげて、――どなたかこの歌をご存じでございますか、と訊ねた。門人たちはなにごとかという顔つきで志保を見まもったが、知っていると云う者はなかった。――このなかにお一人、たしかにこの歌をご存じの方がある筈です、志保は珍らしく針を含んだこわねでそう云った。――そのお一人に申上げますが、いまの一首は金槐集にある名だかい歌です。いたずらにしても、金槐集などにある恋歌をひくとは、お智慧のないなされ方だと思います。こんどはもっと稀覯《きこう》の書からおひろいあそばせ。……誰かそぶりでそれと知れる者はいないか、そう思って注意していたがまるでわからなかった。しかし辱しめられた怒りもそれでやや解け、これは古歌だとすぐにひきだせる自分の記憶力をもたしかめて、そのときはかなり得意だったのである。もちろん今ではそんなきおい立った気持はない。控えめにつつましくという戒しめも、自分で望んだほどは身についたと思える。この謙虚さに誤まりがなければ、女として学問の道にわけ入っても、お役にたつことができるのではないか。

　若き日に夢み描いたような輝やかしさはないが、学問へ還れると思うことは、さすがに心おどる誘惑だった、志保はからだの内に新しいちからが動きだすように感じ、上気した眼をあげて秋空を見た。……そこへお萱の呼ぶこえが聞えた。塾の建物から出て来たところで、手に一通の封書を持っていた。

「いまあと片付けにまいりましたら、このようなお文が置いてございました」

「どなたかお忘れだったのでしょう」

「いいえお嬢さまへ宛てたお文でございますよ」

　そう云って渡された封書を手にして、志保はひらめくようにいつぞやの実朝の歌を思いだした。それはつい今そのときのことを回想していたからかも知れない、——あのときの方だ、という言葉が反射するように頭へのぼった。表には自分の名が書いてあるけれど、署名はどこにもみつからない、

「……まあ、どなたからでしょう」

志保はさりげなく呟やきながら、お萱に顔を見られないようにして家へあがった。その文を披《ひら》いたのは夜になってからだった。そのまま破いてしまおうかとずいぶん迷ったあげく、やはり披く気持になったのである、あのときの手と同じものかどうかはわからないが、しっかりとしたみごとな筆跡で、墨色もきわめて美しい、志保は宛名の文字を暫らくみつめていたが、やがて封を切ってしずかに読みはじめた。……果して察しのとおりだった。それは実朝の歌を書いてよこした同じ人で、手紙はまず曽《かっ》ての無礼を繰り返し詫びる文字から始まっていた。

——自分もまだ年が若く、いちずの気持に駆られてあんなことをしたが、しかし決していたずらとか嘲弄などという意味はなかった、金槐集の歌を書きぬいたのは、あれが日ごろ自分の愛誦するものであり、あのときの心をいかにもよく伝えられるように思えたからである。

そこまでの文章のすなおさ、飾りのない正直な書きぶりが志保の胸をうった。そし

ていちがいに嘲弄されたと思った自分の、頑《かたくな》な心ざまをかえりみて脇のあたりにじっとりと汗を感じた。だが文《ふみ》はそこからしだいに強い語調に変っていた。――あのときの気持は、現在なお同じ強さで自分の心を占めている、こう云うとあなたはまたお怒りなさるだろうか、もしお怒りになるようだったらあなたの間違いである、あなたは冷たいくらい怜悧《れいり》な頭をもっていらっしゃるのに、唯ひとつの事だけには愚昧《ぐまい》のようにに眼がおみえにならない、それはあなたがご自分を美しくないとお信じになっていることだ。

四

なるほど、あなたは世にいう艶麗《えんれい》のおひとがらではない、と手紙は書き続けてあった、――だから人にはたやすくはわからないかも知れない、けれどもあなたに近づき、あなたと言葉を交《か》わしていると、云いようのない美しさ、心の奥まで温《あたた》められるような美しさにうたれる、そういうときのあなたは、お顔つきまでが常には見られない冴え冴えとした美しさを湛《たた》えるが、おそらくあなたご自身はお気づきなさらぬだろう、そしてそれに気づかぬところがあなたのよいところでありを欠点ともなっている。

……自分は今でもあなたを家の妻に迎えたいと願っている、この気持は六年まえと少しも変ってはいない、寧《むし》ろながくお近づき申していればいるほど、あなたならではという確信が強まるばかりである、どうか平生のあなたの温かな心で、すなおに自分の申出を聞いて頂きたい、少し考えることもあるのでこの手紙にもわざと署名はしないが、もしこの願いがかなえられるものであるなら、明七日の朝十時、正念寺の先生の御墓前までおはこびを待つ、御墓前でなら亡き先生もそう強くはお叱りなさるまいと思う、十時までにおいでがなければ、……もしおいでがないとすれば、まだ時期でないものと思って、なお自分はそのときの来るのを待つ決心である。

手紙の文字はそこで終っていた。署名はもちろん、その主《ぬし》を暗示するなんの印も付いていない、志保は心をかき乱された、生れて初めて全身の血が嚇《かっ》と燃えるように感じ、文を持つ手が恥ずかしいほど顫《ふる》えた。六年という星霜《せいそう》を隔てて、少しも変らず自分を愛しつづけて呉《く》れた者がある、いちどは愛誦の古歌に託して、こんどはうちつけに、けれどすがすがしいほど率直に心をうちあけている、志保は息苦しいような切なさに胸を緊《し》めつけられた、――どなたかしら、それを知りたかった。これだけ自分に心をよせて呉れる方なら、今までどこかにそういうそぶりの見えなかった筈がない、そう考えてよくよく思い返してみるが、相手が深く慎んでいたためか、自分にそういう意識が無かったからか、おぼろげにもそれと推察のつく記憶はなかった。

臥所《ふしど》にはいってからも、その夜はなかなか眠ることができなかった。二十六年の来し方が夜明け前の朝靄に包まれていたとすれば、いま雲をひき裂いて日が昇り、朝の光が赫耀《かくやく》と漲《みなぎ》りだすような感じだ。望んでも得られないと疾《と》うに諦めていたものが、同じ日に二つとも自分のほうへ手をさしのべてきた。ただ「はい」とさえ云えば二つとも自分のものになる、それは考えるだけでも充実した大きな幸福感であった、――仕合せとはこういうものか、志保には初めてそれがわかるように思えた。

「……二十六にもなって」ふとそう呟やき、またすぐうち消すように、「いやたとえ三十、四十になっていたとしても、こういう仕合せにめぐり逢えるとわかっていたら、人間はどんな困難にも克《か》ってゆくことができるだろう」

宵のうちから吹きだした風が、夜半には秋嵐となり、裏にある松林がしきりに蕭々《しょうしょう》と鳴りわたっていた。いつもなら衾《ふすま》の襟《えり》をかき寄せ、息をひそめて聴きいるのだが、今宵はその寒ざむとした松籟《しょうらい》の音までが、自分の幸福を謳《うた》って呉れるように思いなされる、――そのときの心のあり方によって、人間は風を聴くにさえこれだけの違いがある。幾たびも寝返りをしながら、志保はふと自分の気持をそう思い返して、はてのない空想をうち切ろうとした。

よく眠れなかったにも拘《かか》わらず、明くる朝は早く眼が覚めた。今日から新しい自分の人生が始まるのだ、そういううちから強い感情が胸いっぱいに溢れて、家のなかにじっとしていられない気持だった。まだ霧の濃い庭へおり、氷のように冷たい小川の水で洗面した。約束の時刻に正念寺へゆくことはもうきまっている、すべてをあるがままに受けよう。父の忌日にあったことだから、もしやすると父上のお導きかも知れない、相手がたとえ誰であろうと、六年もこころ変らず、こんどの機会がいけなければさらに次の折まで待つという、その真実さにはこたえなければならない、……ただ惧《おそ》れるのは、自分のものでない幸福を誰かから偸《ぬす》むような不安な感じのすることだ。それはうち消してもうち消しても胸につかえてくる。

「こんな風に裏を覗く気持はもうやめなければならない」志保はそっと頭《かぶり》を振りながら呟やいた、「……これからはなにもかもあるがままに、すべてをすなおに受け容れて生きるのだ、それが志保の新しい生活だ」

食事が済むと、お萱に髪をあげて貰い、着物を着替えた。お萱は訝《いぶ》かしがりもせず、志保がそんな気持になったことをよろこんで、いそいそと着附けを手伝った。

「ごらんあそばせ、ちょっとお着替えあそばすだけでこのようにお美しくおなりなさるではございませんか、少しは髪化粧をあそばすのも婦人のたしなみでございますよ」

五

「……飾り甲斐があればねえ、お萱」

「それがお嬢さまのたった一つの悪いお癖です」お萱は心外そうに云った、「……あなたはご自分でお美しくないときめていらっしゃる、それはご謙遜というよりも片意地と申すものでございます、小松さまはお美しいお生れつきです、誰だってそう思わない者はございません。それに比べますとお嬢さまのお美しさは、本当に美しさを見る眼のある者にしかわからないお美しさです。お信じになれなかったらこれからよく鏡をごらんあそばせ、お嬢さまは鏡さえお手になさらないのですもの」

「それが本当であってくれたらと思います」志保はいつになく穏やかにそう頷《うな》ずいた、「……そしてこれからは美しくなるように努めましょう、いまの片意地という言葉は……」

そこまで云いかけて志保は口を噤《つぐ》んだ。門に誰かのおとずれる声が聞えたのである。お萱も聞きつけたとみえ、足早に立って玄関へ出ていったが、「まあこれは」とおどろきのこえをあげ、すぐにひき返して来た。

「小松さまがお越しあそばしました」

「ええ小松が」志保も眼を瞠《みは》った、「……小松が高田から……」

云いかけて玄関へ出ると、そこに小松が赤子を負って立っていた。そして良人《おっと》の園部晋吾と、二人の間に晋太郎であろう、五歳くらいにみえる男の子もいた。みんな旅支度で、頭から埃《ほこり》にまみれている感じだった、——まあ、と云ったますぐには言葉も出ず、姉妹は暫《しば》らく涙を湛《たた》えた眼でお互いを見いるばかりだったが、「まことに御無沙汰を仕りました」という晋吾の挨拶でわれに返り、ともかくもお萱と老僕に洗足をとらせ、親子の者を座敷へあげた。

昨夜は松本城下に泊り、朝餉《あさげ》は済ませて来たという。茶を淹《い》れ、菓子を出しなどするあいだも、小松は殆《ほと》んどやすみなしに独りで話した。晋吾はなにか屈託ありげに黙しているし、志保は正念寺へゆく時刻が気になっておちつけなかった。しかしそんなことには遠慮もなく、まるでとりとめのないことを次から次へと話しかける。口数の多いのは小松の生れつきであるが、そのときはどこやら追われる者のようなせかせかした調子で、態度にもおちつきがなかった。

「こんどはなんでいらしったの」志保は妹の饒舌を抑えるように口を挿んだ、「……なにかこちらに御用でもあってなのですか」

「ああ忘れていた」小松は慌てて向き直り、「……お乳をやる刻だったのに、つい話にまぎれてしまって」そう云いながら、寝かしてあった赤子を抱きあげて衿をひろげた、「大きい赤子《あか》でしょう姉上さま、これで百五十日ですのよ、もう片言《かたこと》を云いますの、名は健二郎《けんじろう》、たしかお知らせ申しましたわね」

「いいえ今日はじめてですよ、知らせて下さればお祝い申しましたのに」

「あらそんなことはないと思いますけれど、でもそうね、つい忘れたかも知れませんわ、ちょうど主人が学堂《がくどう》の御用で江戸へ出たりしてごたごたしていましたから、……ああそうそうそれに就《つ》いて姉上さまにお願いがありますの。健さんお乳はもう沢山《たくさん》ですね、おたあさまはお話があるからおとなに待っていますのね、さあまたおねんねですよ」

　云うことも態度もひどくそわそわして、少しも同じところに止まっていない。それも気懸りだし、相対してよく見ると小松は窶《やつ》れが眼立っていた、着ている物も粗末だし、自慢の髪道具もみえない。美しいことはやはり美しいが、眼のまわり鬢《びん》のあたりに疲労の色がしみ附いて、肩つきなどぐっと痩せているようだ。――産後のせいなのだ、志保は初めそう思っていたが、妹のようすを見ているうちに、この夫妻がなにか困難な立場にいるということを察しはじめた。

「うちあけて申しますとね姉上さま、園部は高田藩から退身《たいしん》してまいりましたの」小松はひじょうな早口でそう云った、「……おいとまになったのではなく、こちらから願った退身ですの。理由は園部の才能のためですわ。この塾の秀才といわれ父上もあれほど認めていらっしゃいましたわね」

「さようなことを申して」晋吾が堪《たま》りかねて妻を制した、「……聞き苦しいではないか小松、姉上がお嗤《わら》いなさるぞ」

「わたくし本当のことを申しているのですもの、ええ本当のことですとも、そして世間で認めなければ、こちらで認めさせるより仕方がございません。まして肉親の姉上ではございませんか、わたくし思っているとおりを申上げますわ」

「そうですとも、姉妹の仲ですもの、遠慮なしに聞かせて下さらなければ……」

「ええすっかり申上げますわ、そうでなければお願いの筋だってとおりませんもの」

小松は勢を得たように坐り直した。

六

園部晋吾は藩の学堂助教として、二十石三人扶持を給されていた。気は弱いが自分の才能には確信をもっていたかれは、そんな僅かな扶持で、いつまでも田舎の学堂などに埋れているつもりはなく、やがては第一流の学者として名を挙げる野心をもっていた。それで江戸藩邸にいる知友をとおして絶えず書物を買い求めたり、また筆写を依頼したりする費用が意外に嵩《かさ》み、どんなに倹約しても家計は苦しくなるばかりだった。――これではどうにもしようがない、晋吾よりさきに小松がそう思った、――なんとかこの状態を打開しなければ、なにか方法はないだろうか。そう思案していたとき、たまたま学堂の用で江戸へ出た晋吾は、そこで蘭学《らんがく》というものが学界で珍重されはじめているのをみた。勿論まだ専門家はいないし、研究する者も極めて少数だが、多少とも新しい方向を見る者は、ごく近い将来に大きな勢力をもつだろうということを認めていた。表向きには幕府の禁圧があるけれども、それが却《かえ》って珍重されるちからともなり、大藩諸侯のなかにはひそかに手をまわして、蘭学をまなぶ者のために補助を与えようとするものが少なくなかった。晋吾はこのありさまをよくみて帰藩したのである、

「……わたくしには学問のことはわかりませんが」と小松は続けた、「姉上さまなら理解して下さるでしょう。わたくしたちは長崎へゆくつもりなんです。期間はだいたい三年ときめておりますけれど、五年でも六年でも、主人が蘭学を卒《お》えるまでは辛抱

します。そのあいだ縫《ぬ》い針《ばり》洗濯の手仕事をしても、どんな事をしてでもきっと辛抱しとおしてみせます」

「ではこれから新しく、蘭学の勉強をお始めなさるというのですね」

「そして石に噛りついても、蘭学者として天下に名をあげて貰いますわ、お願い申すというのはそこなんです」小松はじっと姉の眼に見いった、「……長崎へまいればわたくしはその日から生活《たつき》の手仕事を始めるつもりですの。それにはこの晋太郎が、……この子がどうしても足手まといになります。それで、ずいぶん我《わ》が儘《まま》なおたのみですけれど、晋太郎を預かって頂きたいと思いまして」

そのとき志保は頭からすっと血の消えるような感じがした。

――これで昨日からのことはすべて終った、そう思った。学問の道へ還ることも、正念寺の墓前へゆくことも、みんな一夜の夢として終った、あのような幸福はやはり本当に自分のものではなかったのだ。

「よくわかりました」志保は自分の蒼《あお》ざめてゆくのがわかるようで、面を伏せながらしずかに頷ずいた、「……わたくしに養育ができるかどうか不安ですけれど、任せて貰えるならお預りしましょう」

「まあ、承知して下さいますの、有難うございますわ、きっとそう仰しゃって下さると思いました」小松はそう云ってふと眼を輝やかした、「……けれど姉上さま、いま思いついたのですが、いっそ晋太郎を貰って頂けませんかしら」

「だってあなた御長男ではないの」

「長男でも健二郎が男の子ですから、家の跡取りには少しも差支えませんわ、姉上さまこそこれまでご結婚あそばさなかったのだし、これからだってもうお輿入《こしい》れなどはあそばさないでしょう。それならこの子を育ててお跡を取らせて下されば」

「それはわたくしのほうはどうせお育てするのだからよいけれど、あなたはご自分の身をいためたお子ですよ、今はそうお考えでも、いつかはきっと後悔すると思いませんか」

「そんなことは決してありません、そうして頂ければ気持もずっと楽ですし、こころ残りなく長崎へもまいれますわ、ねえ姉上さま、ご迷惑でなかったらそうきめて下さいまし……」

そう願えればぜひ、と晋吾もそばから言葉すくなに云い添えた。

相談はそれできまった、志保がなにを考える必要もなく、小松は自分の思うままに事を運んでゆき、てきぱきと締め括《くく》りをつけた、「今日からはこの伯母さまのお子になるのですよ」子供にもそう云いきかせた、「……いつも話すとおりお祖父さまは他国にまでお名を知られたりっぱな方でした。あなたも伯母さまのお訓《おし》えをよく守って、お祖父さまに負けないすぐれた人にならなければいけません。あなたの成人ぶりに依っては、黒川の家名を再興して頂けるかも知れないのですから、わかりましたね」まる四歳の子には無理なことをきびきびと云い聞かせ、なおせきたてるように志保との母子のかための盃を促がした。

志保は云われるままになっていた。今頃はちょうど正念寺の父の墓前で、手紙の主《ぬし》が空《むな》しく自分を待っているに違いない、――どうぞお赦《ゆる》しあそばして。志保は胸苦しいほどの思いでそう念じた、――こうなることが亡き父の意志だと存じます。あなたもそう思召《おぼしめ》して、わたくしのことはどうぞこれぎりお忘れ下さいまし。そしてなお志保は自分に誓うのだった。

――これで生涯の道がきまった。自分は晋太郎の養育になにもかもうち込もう、あらゆるものを抛《なげ》うってこの子を生かすのだ。

七

園部夫妻が立っていった日から三日めに、杉田庄三郎が三名の青年たちと訪ねて来た。用件はむろん靖献遺言の講義のことだった。志保ははっきりと断わった。

「よく考えてみましたが、あの書は宝暦年中、竹内式部《たけのうちしきぶ》どのが京で公卿がたに講義をあそばして、幕府から厳しいお咎《とが》めを受けたものだと伺いました。父がみなさまに授講しなかったのも、そこを憚《はば》かったのではございますまいか、わたくしそう存じますけれど」

「仰しゃるとおりだと思います。しかしわれわれが遺言を講じて頂きたい理由の一もそこにあるんです」庄三郎は声を低くした、「……わたくし共は幕臣ですけれども、ただ幕府に仕えているだけで本分を尽したとはいえません。亡き先生の教はつねにそれを示して下すった、ぎりぎりにつき詰めればわれわれはみな朝廷の兵《つわもの》である、大義とはその一点をさし、身命を捧ぐるところもそのほかにはない、直接のしゅくんたる幕府へ忠節を尽すのは云うまでもないが、万一にも幕府に非違《ひい》があれば、敢然と起って朝《ちょう》の御盾《みたて》とならなければならぬ、忠とはそのことの謂《いい》だと仰せられました、……靖献遺言がまことに義烈の精神をやしなう書であるなら、幕府の忌諱《きい》を怖れる要はない、先生の時代にもし憚らねばならなかったものなら、われらの時代においてその蒙《もう》を啓《ひら》くべきだと思うのです、おそらく先生もこれに御異存はないと信じます」

「それこそ父の望むところだと存じます、わたくしにはどうしても御講義などはできませんけれど、皆さまでご一緒にご講読あそばしてはいかがでございますか。毎月の忌日には此処《ここ》へいらっしゃるのですし、その日なら塾もあいておりますから」

庄三郎はそれでもなお志保の講義を望んだ、それは志保を通じて亡き一民《かずたみ》の精神に触れたいからである。しかしどうしても志保が承知しないので、ついには仕方なく、忌日に塾へ集って自分たちで講読することにきめ、話が終るとすぐに座を立った、……このあいだ志保は、注意を凝らせて杉田庄三郎の挙措《きよそ》を視《み》た。理由はなにもないが、相対しているうちにふいと、――この方ではないかしら、そういう気持がしはじめたのである。なぜそう思いついたのかまったくわからないし、相手のそぶりに変ったところがあるわけでもなかった。ただふいとそういう気持に襲われ、同時になぜ今までこの方に気づかなかったのかと自分が訝《いぶ》かしくさえ感じられた。……杉田は藩の書院番を勤めている、二百七十石余の筋目正しい家柄で、父はすでに歿《ぼっ》し、家族は母親とかれの二人きりである。年は三十一になるがまだ娶《めと》らず、「嫁の代りです」などと云いながら、ずいぶんまめまめしく母に仕えているという。一民の旧門下十七人のなかでは古参だし、条件を考えると志保がそう思いついたのは寧ろ遅すぎたくらいかも知れない。けれどそう思ってよくよく注意してみたが、庄三郎のようすには些《いさ》さかも変ったところはなかった。

「では考え違いかしら」志保はかれらを送りだしてから、思い惑ったように呟やいた、「……もしあの方なら、あれほど平気な冷淡な応対はなされない筈だ、ではいったい誰だったのだろう」

すべてを諦めたと思い切ってから、却って志保の心は手紙の主《ぬし》に惹きつけられるようだった。むろんその主がわかったとしても、今はもうどうするすべもない。晋太郎を育てあげることに一生を捧げるほか、自分の生きる道はない。かたくそう決心しているにも拘《かか》わらず、却ってこころ惹《ひ》かれるのはなぜだろうか、――こういう気持をみれんというのであろう、恥ずかしいことだ。志保は自分を責め、できるだけそういう感情からぬけ出ようと努めるのだった。

晋太郎は温順な子だった。父母と別れてから四五日は、燈《ひ》ともし頃になると悲しそうで、独り庭へ出ていっては、涙の溜った眼でじっと遠い山脈《やまなみ》を見ていたりした。寝床のなかで微《かす》かに噎《むせ》び泣いている声も二三ど聞いた。志保の胸は刺されるように痛んだ。かき抱《いだ》いていっしょに泣きたいという烈しい衝動がつきあげてきた。けれど志保はじっとそれをがまんした、――つまらぬ慰めなどでまぎれる悲しみではない、好きなだけそっと泣かせて置くべきだ、悲しさ辛さに堪えるところから、人間の強く生きるちからが生れるのだから。歯をくいしばる思いでけんめいに自分を抑えつけ、できるだけ見て見ぬふりをしとおしたのであった。……だがそういう悲しみもやがて薄れてゆき、少しずつ志保やお萱にも馴れはじめた。

「晋太郎さまはきっとたいそうなご立身をあそばしますよ」お萱は自信ありげにたびたびそんなことを云った、「……眉つきとお口許が尋常でいらっしゃらない、これは人の頭に立つ方の御相です。まあみておいであそばせ、いまにお萱の申すとおりにお成りですから」

八

子を生《な》さぬ者に子は育てられぬという。志保はその言葉を自分への戒しめにした。不可能なことを可能にするためには、人なみなことをしていたのでは及ばない。そのうえ志保はかれを武士に育てようと思っていた。ただ自分だけの子にするのではなく、御国の役にたつ人間、りっぱに御奉公のできる武士にしたい。そしてもしできるなら松本藩で黒川の家名を再興させたい。そう考えたので、育てかたの困難さは一倍だったのである。

妹の躾《しつ》けかたによるのだろう。温順な性分とみえるのに少し神経質で、おどおどとしりごみするところがあった。志保はまずそれを撓《た》めることから始めたのである、……晋太郎はすなおにその気持をうけ容《い》れた。なかなか笑わない子だったのが、時には声をあげて笑うようになり、志保をもごく自然に「お母さま」と呼びはじめた。初めてそう呼ばれたときの感動を、ながいあいだ志保は忘れることができなかった。どういう感じだったか、的確に云い表わすことはできないが、ただこれまでに覚えたことのない歓び、それも身内が疼《うず》くような大きな歓びであったことはたしかだ、――子のためにはどんな辛労も厭わないという、母親の愛とはこういう感動のなかから生れてくるのに違いない、志保はそのときそう思った。

けれども後から考えると、はじめの一年ほどは子供を養育するというより、寧ろ志保のほうが教えられ勉強した期間のようであった。――母とはどういう存在であるか、子供とはどういうものであるか、明け暮れ晋太郎をみとりながら、瑣末《さまつ》な事の端はしに、びっくりするほど子供から教えられることが多い。志保のすること、志保の考えること、それがみんな子供の上に現われる。まるで鏡のように、母親の挙措言動がそのまま子供の上に反映するのである、――子供を育てるということは自分が修業することだ、志保が心からそう悟ったのは明くる年の秋の頃だった。子供は教えられることよりも、教えまいとすることのほうをすばやく覚える。こちらが膝を正して訓《さと》すことは聞きたがらない。しかしたとえば寝そべって話す気楽な話はよく聞く。あらわれたところよりも隠れてみえないところに興味をもつ。だから事のよしあしは、訓《おし》えるよりもまず自分で示すほうがすなおに受け容れられるのだ。

「養育するのではない」志保はつくづくとそう思った、「……自分が子供から養育されるのだ、これが子供を育てる根本だ」

　母子の愛情というものもしぜんに結ばれてゆき、性質も少しずつ志保の望むほうへと根をひろげた。質素に、勤倹に、剛毅に、云ってしまえば簡単であるが、じっさいにはなかなか困難なことを、自分から身を以て示しつつ導いていった。……厳寒の未明に起こし、裏の小川へいって、薄氷を破って半挿《はんぞう》へ水を汲み洗面させる。いかに寒くとも肌着に布子《ぬのこ》、半袴《はんばかま》よりほかには重ねさせない。それらの品もみな幾たびか洗濯をし、破れたところには継《つ》ぎをし縫いかがって着せる。食事は一菜か一汁にかぎり、物日《ものび》に干魚を焼くのが精ぜいだった。こういうことをきちんと励行するのは、子供よりもこちらが辛いものである、「ああ寒かろう」「ああ冷たかろう」「さぞ甘いものが欲しいであろう」事毎にそう思う。子供がおとなしく従えば従うほど、いじらしいという感情がはげしく心を責める。もっとも怖れたのはそれだった。可哀そうにと思うあまりついあまやかしたくなる。しかしそれは子に対する愛にはならず寧ろ自分の感情に負けるだけなのだ。子供はそれほどには思わないものを、親が自分で自分をあまやかすに過ぎない、……ここでもまた「しっかりしなければならぬのは親だ」ということを悟らされたのであった。

こういう反面に志保は子をもつ歓びをつよく感じていった、「女は子をもってはじめて本当に女となる」という、それがしみじみとよくわかった。寝ても起きても、絶えず自分にたより自分の愛を求める者がいる。「お母さま」と呼びかける声、じっと見あげるつぶらな、汚れのない大きな眸子《ぼうし》、まとい付く柔かな温かい手、それはみな紙一重の隙もなくじかにこちらの血肉へ触れるのだ。志保は夜なかにいちど、必ず晋太郎の寝所をみまうならわしだったが、平安にねいっている子の寝顔を見ると、そのまま去ることができず、惹《ひ》きつけられるような眼で、ながいあいだじっと見まもっていることがしばしばだった。

「お嬢さまはお変りあそばしました」お萱はよくそう云うようになった、「……この頃のように活《い》き活《い》きとした、お仕合せそうなごようすは拝見したことがございません。お顔も艶《つや》つやとしてきましたし、いつもお楽しそうで、本当にお人が違ったようでございます」

「自分でもそう思いますよ」志保はすなおに頰笑《ほほえ》んでそう答えた、「……毎日まいにちがこんなに生き甲斐のあることは初めてです。本当に女は子供をもってこそ生きるはりあいがあるものですね」

「そんなにお思いなすって、もし晋太郎さまとお離れなさるようなことがあったらどうあそばします」

「この子と別れるのですって……」

「実の親御がいらっしゃるのですもの、無いことではないと存じます」

九

深い考えがあって云ったのではない。なんの気もなくふと口に出たのであろう。しかしお萱の言葉は志保にするどく突き刺さった。——そうだ、この子には実の親がある。たとえあのときの約束がどうであろうと、返せと云われれば返さないわけにはいかない、もしそんなことになったとしたら……。志保は全身の血が氷《こお》るように思った。本当になにかで突き刺されたように、心臓のあたりがきりきりと痛んだ、——いいえできない、晋太郎を離すことはできない、もしそんなことになったとしたら、おそらく自分には生きるちからが無くなってしまうだろう。もうその時が来たかのように、志保が色を喪《うし》なって考えこむのを見たお萱は、却ってうろたえたように急いでうち消した。

「そんなにお考えなさることはございませんですよ。小松さまにはご二男がおありですし、あんなに堅くお約束をあそばしたのでございますもの。あまりお嬢さまがお仕合せそうなので、お萱がつい心にもないことを申上げたのです。決してそんなことはございませんからご安心あそばせ」

そうだ、そんなことがあってよいものか。志保はお萱のうち消しに縋《すが》りつく思いで、不安な想像を忘れようとつとめた。けれどもいちど心に刺さった苦痛の感じは決して去らず、それからもときどき襲ってきては志保の胸をかき紊《みだ》すのであった。

毎月の忌日に塾へ門人たちの集ることは、あれ以来ずっと欠かさず続けられていた。かれらのあいだでは、いちばん年長でもあり黒川門の先輩でもある杉田庄三郎が、いつか指導者のようなかたちになり、青江市之丞がその補助者とでもいう位置で、みんな固く結びついているようだった。

「靖献遺言」の講読にはかなり時日を費やして、ときには激しい議論のこえが母屋のほうまで聞えてくることなどもあった。

「みなさまたいそうご熱心でいらっしゃいますのね」或るとき志保がそう云った、

「……わたくしが父からお講義をして頂いたときは、たしか半年ほどで済んだと思いますけれど」

「いや遺言だけではないのです」庄三郎はそのときふしぎな微笑をうかべながらそう答えた、「……遺言の講読をはじめてから暫《しば》らくして、わたくしはふとこういうことを考えたのです。ご存じのとおり此書は、楚《そ》の屈平《くつぺい》、漢の諸葛亮《しよかつりよう》、晋の陶潜《とうせん》、唐の顔《がん》真卿《しんけい》、宋の文天祥《ぶんてんしよう》、宋の謝枋得《しやぼうとく》、処士劉因《りゆういん》、明の方孝孺《ほうこうじゆ》、以上八人を選んでその最期の詞《ことば》をあげ、義烈の精神をあきらかにしたものです。そしてそれはむろんわれわれを感奮せしむる多くの内容をもってはいますけれども、しょせんはみな海を隔てた異邦の歴史であり異邦の人の詞《ことば》です。もちろんそれだからといって此書の価値を云々しようとは思いませんし、異国の事蹟《じせき》をとって参考とする必要もよく認めます。だがそれと同時に、いや寧ろそれよりさきに、わが日本の国史を識《し》り、われわれの先祖の事蹟からまなぶべきではないか、そう思ったのです」

庄三郎はそこでふと口を閉じ、溢れてくる感情を抑えるもののように、暫らく黙って自分の手を見まもっていた。そう云いだすまえの、かれのふしぎな微笑の意味が、そこまで聞くうちにおぼろげながら志保にも推察できるような気がした。それは志保が講義を聴いたとき、亡き父の一民が、――絅斎《けいさい》先生がこれを編まれたのは時代の歇《や》むべからざるためだ、そうでなければおそらく我が日本の靖献遺言を撰せられたであろう。そう云ったことを思いだしたからである。いま庄三郎はじめ門人たちが当面した観念も、おそらくは父の志したところへゆき当ったのに違いない。そうだとすれば、庄三郎のもらした微笑は危険の自覚である。

「わたくしたちはいま遺言と並行して太平記を講読しています、そして別の時間に神皇正統記を読みはじめました」庄三郎はやや声をひそめる感じでそう云った、「……まず国史です、異国の思想にも禍《わざわ》されず、時代の権勢にも影響されない純粋の国史を識《し》らなければならない、同時にわれわれ日本の先人たちの遺した忠烈の精神、われわれが享《う》け継《つ》ぎ、子孫《こまご》へと伝えるべき純粋の国体観念、これをあきらかにしなければならぬのです、だが……ひじょうに悲しいのは、この国の民ならおよそ十歳にして知らなければならぬことを、今はじめて、しかも戸を閉《さ》してひそかにまなぶということです、しかもその戸は、おのれ自身の心にもあるのですから、自分の心の一部にさえ戸を閉《さ》さなければならない、……悲しいというよりは嗤《わら》うべきことかも知れませんが」

そう云いかけてふと、他をかえりみるように「山崎闇斎《やまざきあんさい》が——藩国に仕えず王侯に屈せず、といった言葉を、わたくしはいま身にしみて羨やましく感じますよ」

志保は黙って頷《うな》ずきながら聞いていた、なにも云うことはなかった、ただ心のなかで、——この方たちも成長してゆく、ということを呟いていた、この方たちも……。

十

それは一種の云い表わしがたい感動であった。自分のふところで晋太郎が成長してゆくように、亡き父の志した方向へと門人たちが成長してゆく、二つのものが、この菊屋敷のなかで逞ましく成長してゆきつつある、しかも両者とも志保と深い絆《きずな》につながれているのだ、晋太郎が志保の子であるように、門人たちのなかに一人、いまもなお志保に心をよせている者がある、……そう思うと身内が熱くなるような、よろこびとも顫震《せんしん》とも云いようのない感動がこみあげてきて、志保はわれにもなく胸をかき抱く気持だった。

三年めの冬にかかり、初めての雪がちらちらと舞いはじめた日の午後に、とつぜん園部夫妻が帰って来た。そのとき志保は家塾のほうで、村の児女たちの手習をみていたが、——夫妻が帰った、とお萱から聞くなり、

「子供は、健二郎どのは」とうち返すように訊いた、「健二郎どのも一緒ですか」

「はいご一緒でございます」お萱には志保がなぜそんなことを訊くのかちょっとわか

らなかった、「……お可愛らしくまるまると肥えて、お丈夫そうに育っておいでなさいます、すぐおいであそばしますか」

「もう少しお稽古があります、済んだらすぐにゆきますから」

志保はおちつきをとり戻してそう答えた。健二郎が丈夫に育っているならよい、これでもう晋太郎を取り返される心配はない、つねづね頭のどこかに、棘《とげ》の刺さっているような感じだったのが、さっぱりときれいに抜け去った、そういう気持だったのである。……児女たちの稽古を済ませて母屋へゆくと、夫妻は健二郎と晋太郎を前に坐らせ、なにか菓子のような物を出して与えているところだった。

「わたくしたち明朝おいとましますのよ」挨拶が終るとすぐ小松が云った、「……園部がこんど伊勢《いせ》の藤堂《とうどう》家へお召抱えになりましたの、それも江戸詰めで、まっすぐ下《くだ》らなければならなかったのですが、いちどお逢い申さなければと思ってお寄り致したのですわ、どうぞなにもお構い下さいませんようにね」

「それはようございましたこと、では長崎でのご修学が実をむすんだのでございますね」

「いやまだなかなかです」晋吾は控えめに眼を伏せた、「……僥倖《ぎょうこう》とでも申すのでしょう、紹介する人があって、二百石という過分《かぶん》の禄《ろく》で召抱えられましたが、蘭学のほうは殆んどまだ覗いたという程度にすぎません」

「こういう謙遜ぐせが主人のいけないところですわ」小松が歯痒そうに遮ぎった、「……必要もないのにへりくだってご自分で損をなさる、これまでにもたびたびそれが禍をなしてきました、もうこれからはそんなお癖はおやめなさらなければね、だってこんどは高田のときとはご身分が違うのですから」

志保はつくづくと夫妻を見まもっていた。あのときとは人が違ったようである、二人とも活き活きとして、希望を達したよろこびに溢れてみえるし、衣装も髪道具も、なかなか高価な品を用いている、小松は少し肥えたようで、血色のよい顔はむすめ時代の美しさをとりもどし、眉のあたりには権高《けんだか》な、誇らしげなものさえあらわにみえる、――環境に依ってこうまで変るものだろうか、志保は眼をみはる思いだった、妹の気質はもともと華やかさ豊かさを好み、いつもひとに勝っていなければ承知できないほうだった。晋吾を長崎に遊学させ、二百石という出世をさせたのは、おそらくその気質が良人《おっと》をひき立てたからに相違ない、そしてその望みのかなった今は、このように誇りかに活き活きとしている、しかし人間は世の転変からまぬがれることはできない、こういう生き方を押し進めていって、もしまた蹉跌《さてつ》するようなことがあったらどうするか、――環境の善し悪しに依って生きる気持まで左右されるようでは、良人の事業を大成させることはできないだろうに。……だがそれをいま注意したところで妹にはわかるまい、志保はそう思った、妹は妹なりに、自分の身を以てそれを知るほかはないであろう。

「まあ晋太郎さんは」と小松がはじめて気づいたように声をあげた、「……ずいぶんご質素な物を着ておいでなさるのね、着物もお袴も継ぎが当っているではありませんか、それにお袴はどうやらお祖父さまの物のようね」

「そう、父上のおかたみを仕立て直しました」志保はことも無げに云った、「……かなりお着古しになった筈だけれど、やはり昔の物は品がよいのですね、直せばまだ二年くらいは使えそうですよ」

「でもこれでは可哀そうですわ、幾ら山里にしても子供がこんな柄のお袴ではね」

「そんなことはありません、どこでだってみな親たちの着古しを直して用いますよ、晴着はべつですけれど……」

「お百姓や町人ならそれでもよいでしょうけれど、晋太郎さんは武士の子ですものね」小松は子供の顔を覗くようにして云った、「……長崎からなんのお土産もなかった代りに、着物とお袴を調《ととの》えてあげましょう、明日いっしょに御城下までいらっしゃい、ねえ晋太郎さん」

十一

夕餉《ゆうげ》のときも、済んでからも、殆んど絶え間なしに小松の話しごえが続いた。往復の旅のこと、長崎の生活、異様な風俗や言葉、そして山河の景色など、次ぎから次ぎへと語って飽きない、それがみな志保には興味のないことなので、ようやく妹の饒舌《じようぜつ》が終り、おのおのの臥所《ふしど》へはいったときはすっかり疲れていた。

「あんなに浮わついた妹ではなかったのに」夜着の中で志保はそう呟やいた、「……あれでは心もとない、あの気性はこれまで園部どのをひき立てたかも知れないが、あのままではやがて良人を誤まらせないとも限らない、どうかそんなことのないようにしたいものだ」

園部夫妻は翌日の朝はやく出立した、そして志保が辞退するのを押して、晋太郎を松本の城下町へともない、衣服ひと揃えを買い求めて与えた。……晋太郎にはお萱が付いていったのであるが、帰って来るとお萱はひどく感心したようすで、「まあごらんあそばせ、こんなによいお支度を頂きました」とすぐにその品々をとりひろげてみせ、晋太郎を呼んで着付けさせた。なるほど高価なよい品だった、妹の好みらしく、染め色も縞柄もおちついた、ひんの良い選みで、少しはでだというほかには難のない支度である、すっかり着付け終ると、晋太郎はおどろくほどおとなびて凜々しくみえた。

「ああおりっぱにみえます」志保はしずかに見あげ見おろしして云った、「……あなたも嬉しいとお思いでしょう、晋太郎」

「ええ嬉しゅうございます、でもなんだか少し、少しよすぎて恥ずかしいようですね」

「そう、よすぎて恥ずかしいの」

「だってこんな物を着ていると、きっとみんなが笑うだろうと思いますよ」かれはたいそうまじめな調子でそう云った、「……ただ新らしいだけだって笑うんですからね、いつか足袋《たび》をおろして頂いたときなんか困ってしまいましたよ」

本当に困ったらしく眉をひそめるのが可笑《おか》しくて、お萱はつい声をあげて笑ってしまった。志保はそのとき座を立って、「ちょっとこちらへいらっしゃい」と晋太郎を呼び、いっしょに仏間へはいっていった。

「あなたは本当にその着物を頂いて嬉しいと思いますか」ほの暗い部屋の中に相対して坐ると、志保は穏やかな声音《こわね》でそう訊いた、「……正直にお返辞をなさい、本当に嬉しいとお思いですか」

「はい、お母さま、そう思います」

「でも母さまはそう思って貰いたくないのですよ、晋太郎、これまで母さまが教えてきたことを覚えておいでなら、あなたもそうは思わない筈ですがね」

晋太郎はびっくりしたようにこちらを見あげた。志保はその眼を穏やかに見まもり、寧ろかれの同意を求めるような調子で続けた。

「着せてあげてよいものなら、それくらいの支度を調えることは母さまにもできます、でもお忘れではないでしょう、あなたは武士の子です、やがてはあなた自身も武士として御奉公をするのです、さむらいというものは、いついかなる時にも身命を捧げる覚悟がなくてはならない、暫しという間はない、召されればその場で死ななければならぬものです、……こう云うだけではやさしく思えるでしょうが、その覚悟をやしなうのは一朝一夕のことではありません、ごく幼少の頃から粗衣粗食を守り、寒暑に耐え、身も心も鍛えつづけてこそ、はじめて、どんな困難にであっても撓《たゆ》まぬ人間となれるのです、おわかりでしょう、晋太郎」

はいと晋太郎は頭を垂れた、志保はその額のあたりを見まもって、「ではその着物は納《しま》って置きましょうね」と云った。

その前後から、忌日に集る門人たちのなかに、江戸詰めになって去る者があり、新しく加わって来る者がありして、かなり顔ぶれが変っていった。杉田庄三郎はやはりおなじ位置にいたが、青江市之丞が去って吉岡助十郎《よしおかすけじゆうろう》という者が代り、そのほかときおりは他藩の者も来るようにみえた、……そういう人の異動を知るたびに、志保はいつもあの手紙の主を思わせられた。いちどは庄三郎に違いないと考えたが、そうきめる根拠がないために、やっぱり十七人のなかの誰かというよりほかになく、去ってゆく者のあるたびに「もしやあの方ではないか」という気がしたり、「……いやあの方はお若すぎる」と否定したりする、そういうときの気持は、しかしもうずっとおちついたものになっていて、どうかすると物語でも読んでいるような、現実から離れた美しさをさえ感ずるのだった。

園部夫妻が長崎からの帰りにたち寄った、その明くる年の二月のことである。珍らしく鶍《いすか》が五羽も到来したので、志保とお萱とで手料理を作り、忌日に集った門人たちに馳走をした、これまでにもおりおり食事くらいは出していたが、料理に酒まで付けたのは初めてのことで、みんなよろこんで膳に就いて呉れた。

「晋太郎さんもお呼び下さい」庄三郎がそうせがんだ、「……もう八歳だから時には男のなかへ出さなければいけません、あなたはずいぶん厳しく躾《しつ》けておいでのようだが、婦人はやっぱり婦人ですからね」

「いやそうでもないですよ」と脇のほうから若い門人のひとりが顔を覗けて云った、

「……ちょっとみると温和《おとな》しそうですが、わたくしなどはかなり虐待されたものです、いや本当にひどいめに遭っているんですよ」

十二

「それはまたどういうことでございますか」

「表の道から門へはいる途中に晋太郎さんが立っていましてね、――ここは関所《せきしょ》だ、旅切手を持たない者は通さない、そう云って立塞《たちふさ》がるんです、はじめはごまかして通ろうとするんですが、そうするといきなり、隠して持っていた木刀でやっと打たれるにはおどろきました」

「ああそれか、これならおれもやられたよ」別の青年が笑いながら口を挿んだ、

「……おれは初めてのとき蜜柑を持っていたので、これが切手でござると出したんだ、すると、――喰べ物などとは卑しいやつだ、そう云ってやっぱり木刀でぽかりさ」

するとと次ぎ次ぎにおれも自分もと云いだして、たいていの者がおなじめに遭っていることがわかり、みんなどっと笑いだしながら、「こうなったらぜひ此処へ呼んで、いっぺんに仇討《あだうち》をしようではないか」などと云い囃《はや》した。志保はにわかに信じられなかった、気性だけは自分の望むほうへと育って呉れるようだし、ときどき子供には意外なほどはっきりした態度をみせることもあったが、そういう腕白《わんぱく》なところはまるで無い、寧ろ無さ過ぎるのがもの足らぬと思っていたくらいである、――それが本当ならどんなに嬉しかろう。志保はそれが事実であるようにと祈りながら、晋太郎を呼んでその席へ坐らせた。

「やあ関守どのの御出座だな」

一人がそう云うと、みんないっせいに晋太郎のほうへ向き直って呼びかけた。

「今日はこちらが関守でござるぞ」

「この関所の切手は酒だ、酒をまいらなければその座は立たせませんぞ」

「そのうえ木刀でぽかりだ」

晋太郎は黙ってにっと微笑したきりだった。そしてかれらがなおやかましく叫びたてるのを聞いていたが、ふと志保のほうへふり返って、「お母さま、おとな、というものは妙ですね」といかにも侮《あな》どり顔に云った。

「なにが妙なのですか」

「ふだんはみんな温和《おとな》しいけれど、酒を飲むと急に元気がでるのですもの、みんないつもあんなに威勢がよくはありませんよ」

「まあ晋太郎、あなたは……」

門人たちはまさに面へ一本くった感じで、ひとりが「まいった」というのといっしょにみんなどっと笑い崩れた。志保は眼をみはった、晋太郎がそのようなもの云いをしたことはない、こんな大勢の青年たちからいちどに詰寄られれば、赤面してものも云えないと思っていた、それがいま平然として、子供らしいが辛辣《しんらつ》な批評をさえ投げつけている、――こんな臆さないところがあったのか、志保はふしぎな感動にうたれながら、そっとわが子の横顔を見まもるのだった。

「……子供の言葉は怖ろしいな」庄三郎がふとそう云った。晋太郎が去り、かなり盃がまわってからのことである、声の調子が違うのでみんなかれのほうへ眼を集めた。

「酒に酔うと元気が出るという、常にはあんな威勢がないという、……われわれはこうして月に一回この塾へ集り、国史の勉強から始めて、現在では幕府政治の検覈《けんかく》にまではいって来ている、こうして集っているときは慷慨《こうがい》の気に燃え、大義顕彰の情熱に駆られるが、塾を去って独りになるとき果してその情熱が持続しているかどうか、……われわれの血にながれている伝統のちからは根づよい、父祖代々、幕府の扶持を食《は》んで来て、相恩の御じゅくんというものを観念の根本にもっているわれらは、それを飛躍して大義に奉ずる精神をつかむことだけでも容易ではない、こうして同志が相集っているときには火と燃える決意も、おのれ独りとなり、百年伝統のなかに戻るとその火は衰え、決意は決意だけの空疎《くうそ》なものになり易い、おれはいまそれを痛いほど感じた、われわれのこの情熱が、あい寄ったときの酔でないようにありたいと思う」

「とつぜん変なことを云うようですが」端のほうにいた青年のひとりが、ひどくまじめな口調でそう問いかけた、「杉田さんが妻帯なさらないのはその意味からなんですか」

「わたしが妻帯しない意味だって」

思いがけない質問なので庄三郎はまごついたらしい、それよりもなお志保はどきっとした、そしてわれにもなく、庄三郎の返辞に耳を惹かれる気持だった。

「どうして今そんなことを訊くんだ」

「わたくしは先日からこんなことを考えていたんです、禅家が家を捨て親族と絶つのは、生死超脱の道を求める前提です、つまり道を悟るためにまず肉親俗縁と離別するわけですね、妻子親族と絶つことは、つづめて云うと自己の生命の存続を否定することでしょう、親から子、子から孫へと続く生命の系列を自分で絶つ、そこではじめて生死超脱の道を求めるわけです、……わたくし共のめざす道が、大義に殉ずるということを終局の目的にするとすれば、禅家の求道どころではなくもっと直接に生死を超越してかからなければならない。……現に杉田さんはいま、百年伝統のなかに独りいて慷慨《こうがい》の情熱を持続できるかどうか、ということを仰しゃった、そういう意味から、つまり係累をもたぬという意味で妻帯なさらないのではないかと思うのですが」

十三

「いまの言葉がそんな風に聞えたとしたらわたしの誤りだ」庄三郎は苦笑しながら、「……わたしが結婚しないのは理由があるわけじゃない、ひと口に云えば縁が無かったので、あれこれと迷っているうちにこんな年になってしまった、ただそれだけのことなんだ」

「それは嘘だな」と吉岡助十郎が笑いながら云った、「……ずいぶん羨やましいような縁談がたびたびあった、拙者の知っているだけでも」

「よさないか、つまらぬことを……」

庄三郎が慌てて遮ぎったので、青年たちは手を拍《う》って笑いだした。志保はそのときまた胸がきりきりと痛むのを感じた、そんなことを思ってはいけないと叱りつつも、手紙の主《ぬし》が庄三郎ではなかったかという疑いが、再びはげしくこみあげてきたのである。しかし庄三郎は眉も動かさず、平然とさっきの青年のほうへ呼びかけた。

「いまの生死超脱のことはいちおう尤《もっと》もに聞えるが、その考えは少し違うと思う、禅家が生死超脱を追求するのは個人の問題だ、すなわちおのれが大悟得道《たいごとくど》すればそれでよい、生死の観念を超越するために肉親を捨てる、まず生命の存続を絶つことに依って生の観念の転換をおこなう、それはそのとおりだ、けれどもかくして大悟の境に到達すれば、そこですでに目的は終ってしまうのだ。生死関頭《かんとう》を超克《ちょうこく》したことに依って、現実にはなにものをも齎《もた》らしはしない、……われわれが死を決するところはそれとは違う、大義を顕彰するということはわれわれ自身の問題ではなく、この国民《くにたみ》ぜんぶの系体に関するのだ、われわれが生命を捨てるだけで終りはしない、われわれの子も孫もあとに続かなければならぬ、つまりわれわれのばあい生命は存続しなければならぬのだ」

「お言葉ですが、禅家の悟りが個人の問題で終るというのはどうでしょうか」

脇のほうからそう問いかける者があって、話題は宗教のほうへ変った。志保はそこでしずかに座を立った。……かれらの集りが死を問題にするところまできているということはそのとき初めて知ったのである。正しい国史を識ることは、やがて現在の幕府政体の批判に及ばざるを得ない、「忠義」という観念でさえ、つきつめればおなじ点へゆき当る、宝暦六年に竹内式部が譴責《けんせき》され、明和三年に山県大弐《やまがただいに》が刑死したのも、つづめていえばその一点が原因であった。したがってかれらがやがてここへ達するであろうことは、当然わかっていなければならなかった筈だ。

——そうだ、そのことは予期しなくはなかった。自分の居間へはいった志保は、しずかにこれまでの自分の想いをふりかえってみた、——ただあの方たちの口をとおして聞いたことが自分をおどろかせたのだ。そして、……大義顕彰のためには自分が死ぬだけでは終らない、子も孫もあとに続く、生命の存続がなければならぬと云った杉田の言葉が、ひじょうに強い意味をもって志保の心を叩いたのである、「命を捨てる覚悟だから今まで娶《めと》らないのか」という問いに対して、「自分が死ぬだけでは目的は達せられない、続くべき子孫が必要だ」と云う、子々孫々をあげて大義顕彰の道へ進もうというのだ、ではなぜ今日まで結婚しずにいるのか、吉岡助十郎のふと口にした、——羨やましいような縁談がしばしばあった、というのがもし事実なら、それを断わって娶らずにいる理由がなくてはなるまい。

「……ああ」志保は緊《し》めつけられるように声をあげた、「それではやはり杉田さまだったのかしら、いえいえ、そんなことはない、杉田さまならうちつけに仰しゃれる筈だ、父上が在世のときにだって、じかに父上にお望みなさることもできた筈だ、……そんなことはない、決して杉田さまではない」

かれではないと否定することは、かれだという疑いをたしかめるためだったかも知れない、その夜からのち、志保の耳には「杉田さまだ」と囁《ささ》やくこえが絶えず聞え、そのたびに遽《あわ》てて「いいえ違う、あの方ではない」と心にうち消すことが続いた。それはもう物語を読むような美化されたものではなく、追い詰められるような胸ぐるしい感じだった。……かつて主《ぬし》の知れない手紙に書いてあったように、自分は美しくないというかたよった感情、女でこそあれ学問の道で名をあげようと思いあがった気持、男性などには眼もくれなかった傲慢、そういうむすめらしからぬ態度が、杉田の求婚をよせつけなかったのだという、はげしい自責の念さえつきあげてくる、「このままではいられない」志保はやがてそう思うようになった、「……もうこのままうやむやにはして置けない、善かれ悪しかれ、はっきりさせなければならない、それも早くしないととり返しのつかぬことになりかねないから」

十四

そう心はきめたものの、いざとなると気臆《きおく》れもし、またその方法にも迷った。もちろんじかに逢って話す勇気はない、といって手紙を遣《や》るのはふたしなみのようである、いっそお萱のちからを借りようか、そんな風に考え惑いつつ徒《いたず》らに日は経《た》つばかりだった。ながい年月《としつき》そっと秘めてきた心の手筐《てばこ》ともいえよう、蓋を明けたい気持はあっても、むざと鍵に手をかけられないのは当然だったかも知れない、こうして春も過ぎ、夏も終りかけた或日のことだった。……夕餉の膳に向おうとしているとき、訪れる人の声がしてお萱が立っていった。そして戻って来ると一通の封書をさしだしながら、「お江戸の小松さまからお使《つかい》です」と云った。

「小松から、……手紙だけですか」

「お使の者が持ってまいったようです」

「そう、晋太郎はさきへ召上れ」

志保はそう云って居間へはいり、妹の手紙を披《ひら》いてみた。胸騒ぎを抑えながら読みすすめると、健二郎が死んだという文字にゆき当った、……志保はそこでひしと眼をつむった、それは次ぎにくる文字を読みたくないという本能的な動作だった、そのあとになにが書いてあるか直感でありありとわかる、石を投げられると無意識に手をあげて防ぐ動作をする、志保が眼をつむったのはそれとおなじものだった、そしてそのまま暫らくじっと息を詰めていた。

「どうあそばしました」お萱が気遣《きづか》わしげにはいって来た、「……なにか悪いお便りでもございましたか」

「健二郎どのが亡くなったのです」

「まああの、ご二男さまが……」

お萱のおどろきの声もひどくよろめいたものだった、志保はしずかに眼をあけて、手紙の文字を読み継いだ。――今年の夏は江戸に悪い時疫《じえき》がはやり、できるだけ注意したがついに健二郎も冒《おか》され、僅か七日ほど患らっただけではかなくなってしまった。そういう意味が、妹には珍らしくすなおな筆つきで書き記《しる》してある、――できるだけ注意したとは書いたが、正直に云うと自分が悪かったのである、良人に禁じられていた巴旦杏《はたんきょう》を、せがまれるままに喰べ過ごさせた、それが原因だということは医師も認めているくらいで、それを思うと夜なかなどに、つい叫びだしてしまうほど、恐ろしい後悔に責められる、自分は良き母ではなかった、けれど健二郎の命に代えてそれを思い知らされたと考えると神をも怨みたくなる、……自分はいま子が抱きたい、この石のように空虚で冷たくなった胸へ、ちからいっぱいわが子を抱き緊めたい、どうか晋太郎を返して呉れるよう。

志保はからだじゅうの血が凍るような悪寒《おかん》に襲われた、怖れに怖れていた文字がとうとうそこへ出てきたのだ、しかし志保はけんめいに自分を抑えつけた、――こんなことを云っては申訳がないけれど、と手紙はさらに続く、――健二郎が死んだ今は晋太郎が跡継ぎである、しかし自分が返して欲しいのはそのためではない、理窟なしの愛情である、わが子を抱きたいという母親の愛だけである、姉上は子を生《な》したご経験がないから、こういう母の愛の烈《はげ》しさはおわかりにならぬかも知れない、この烈しさはいかなるものも拒むことができないのである、怒られてもよい罵《のの》しられてもよい、どうか晋太郎を返して呉れるよう、使の者といっしょに早く、一日も早く晋太郎を返して呉れるように、……懇願というより叫びのような文字で、その手紙は終っていた。

「使の者はさぞ疲れているでしょう」志保は声のおののきを隠しながら、つとめてしずかにそう云って立ちあがった、「……今宵はここへ泊めてあげなければなりません、忠造に洗足や食事の世話をしてやるよう申し付けて下さい」

「でもお嬢さま、そのお手紙はいったいどういうことが書いてあるのでございますか、もしや……」

「あとで話します、とにかく御膳を済ませましょう」

さきへ食べるように、そう云ったのに晋太郎は待っていた。そして志保が戻って来ると、もの問いたげな眼でじっとこちらを見まもった、志保にはその眼を見るちからがなかった、そして殆んどかたちばかりに箸をつけ、終るとすぐにまた居間へはいってしまった。

――どうしよう。

机の前に坐り膝に手を置いて、志保はかたく唇を嚙みしめながら頭を垂れた。……妹の手紙は殆んど悲鳴である、そのかなしみは尤《もっと》もだと思う、子を喪《うし》なった母の気持がどのようなものか、今の志保にわからないわけがない、身をいためこそしないが四年のあいだ晋太郎を育ててきて、子の可愛さいとしさというものを、骨にしみるほど味わっているのだ、小松の悲鳴をあげる苦しさはよくわかる、しかし、それほど自分が悲しさにまいっているのに、姉の気持をどうして察しようとしないのか、健二郎に死なれて自分がそれほど悲しいなら、晋太郎をとり返される姉の気持も察しられる筈だ、……それほどの思い遣りもないのか。

「勝手すぎます」志保はわれ知らずそう云った、「……それではあまり勝手すぎますよ小松」

十五

晋太郎を返してしまう、志保はそれを考えてみた。あの賢《さか》しい眼がもう自分を見なくなる、この頃とくに凜としてきた動作、つい過まちをして叱られるときの悄気《しよげ》た顔つき、なにやら独りで力んでいる可愛い唇もと、それが再び見られなくなるのだ、おっとりとして明るい声も聞けない、かれのものに当ててある部屋は空《から》になるのだ、夜半に見まわってもそこはもうがらんとして誰もいない、いつまでも見飽きないあの寝顔もなくなってしまう、そのほか晋太郎に付いていたもの、晋太郎だけしか与えて呉れなかった有らゆるものが、すべてが跡方《あとかた》もなく拭《ぬぐ》い去られてしまうのだ。

「それはあんまりだ、あんまりですよ小松、だからわたしは初めに云ったではないか、呉れてしまって大丈夫ですか、あとで悔みはしないかって、……あなたはあのときあれほどきっぱり約束したでしょう、晋吾さんもお萱もちゃんと聞いていました、それなのに今になって、わたしがこんなに晋太郎を失ないたくない今になって、あなたは酷すぎます、あんまりです小松」

ずいぶん更けるまで、志保は妹を眼の前に見るような気持でかきくどいた。そんなことは志保には似合しくない、そんなにみじめにとりみだすのは志保の性質にはないことだ、返したくなければ「返さない」と云うべきである、そしてこれまでの志保ならそう云った筈なのだ、それがそう云いきれず、そのように哀しくかきくどくのは「返さずに置きたい」というみれんがあるからだった。悲しむだけ悲しみ、怨むだけ怨んで、やがて志保はその「みれんな気持」ということに気がついた。晋太郎を返せという妹のねがいが母親の無条理な愛なら、ただ返したくないという、感情にひきずられる自分の気持も無条理である、どちらも自分の愛、自分の感情に囚われているだけで、晋太郎というものをまるで考えていない、――それでよいのか、志保はそこに思い到って、はじめて自分のうろたえた姿に眼を向けた。

「そうだ、妹もわたしも二の次ぎだ、肝心なのは晋太郎の今後だ」少しずつ鎮まりかけた気持で、しずかに志保はそう呟やいた、「……晋太郎がものの役に立つ武士に成って呉れるなら、自分の失望や悲しみなどは問題ではない、大切なのは晋太郎だけだ、晋太郎をもっとも良く育てる方法、それが第一だ」

そしてそれを中心にしてもういちど考え直してみた。自分は今日まで質実に剛毅にと育ててきた、衣服も食事もできるかぎりつつましく、起居の行儀も正しく、常に「武士」という観念を基礎づけるよう注意を怠らなかった。万全をつくしたとは云えないまでも、その努力を忘れたことはないと信ずる。……小松は実の母親である、いかに自分がけんめいになっても、血を分けた母子の愛には及ばない、自分が百の努力をしても実の母親の愛の一には及ばないだろう、しかしそれはその愛が正しくある場合のことだ、実母の愛がいかに強く真実であろうと、正しい方向のないものであったら却って子を誤まるだけである、――晋太郎を返して、という小松の叫びは悲痛だ、誇りも意地もかなぐり棄て、素裸になった母の哀訴である、しかしそれが晋太郎を正しく育てる愛であるかどうか、子の将来を想うよりも、おのれの愛に溺れているのではないかどうか。

「……まだお眼ざめでございますか」襖《ふすま》の向うでお萱のこえがした、「お邪魔いたしましてもよろしゅうございましょうか」

「いいえもうやすみます」志保はそう云って断わった、「……話は明日いたします、今夜はなにも聞かずに、どうかさきに寝てお呉れ」

「……でもお嬢さま」

お萱はなお心のこりらしかったが、志保が黙っているので、やがて自分の部屋のほうへ去っていった。

自分のことは自分がよく知っている、小松のことも知ってはいるが、批評の眼でみては正しい判断はできない、志保は不公正な考え方できめたくなかった、それで結局は「晋太郎の気持で決定するより仕方がない」と思った。幼ないということは、それ自身ひとつの正しさをもつ、成長しようとする本能は純粋だから、選択も迷いがなく、たしかであるかも知れない、……そうきめたときは心もすっかりおちついていた。それからしずかに立って、いつものように晋太郎の寝所を見にゆこうとしたが、それではまたみれんが起るかも知れないと思い、

「起きておいでかお萱」とばあやの部屋へ声をかけた、「……まだ起きておいでなら、お茶を淹《い》れたいと思うのだけれど」

「はいお嬢さま、唯今お支度をしてまいります」

お萱の返辞を聞いて志保は居間へ戻った。

十六

明くる日は父の忌日であった。

門人たちが集るまえにと思い、晋太郎を仏間へ呼んで相対した。膝と膝とを接して坐り、さてどう云いだそうかと思うと、そしてかれの返辞に依っては、もうかれを子と呼ぶことができなくなるのだと思うと、あれだけ考え悩んで決めた心がふがいなくもよろめきだし、どうか「ここにいる」と云って欲しいと祈りたいような気持さえこみあげてきた。

「江戸から昨日お使があったのはあなたも知っていますね」志保はやや暫らくしてそう口を切った、「……あれは悲しい知らせでした、あなたには弟に当る健二郎どのが、この夏のはやり病にかかって亡《な》くなったのです」

「健二郎が、……死んだんですか」かれは大きくみひらいた眼で志保を見あげた、「それは可哀そうだったなあ、あんなに肥って可愛らしかったのに、……ねえお母さま」

「本当に可哀そうなことです、でもそれより残ったご両親もずいぶんお気のどくですよ、健二郎どの一人のお子でしたからね、それであなたにご相談なのだけれど……」

志保がそう云いかけると、晋太郎はなにを思ったかびくっと頬肉をひきつらせ、眼を伏せてじっとからだを固くした。——察しているのだ、そう思うと志保は胸がふるえた。続けようとした言葉も喉に閊《つか》え、早くも眼に涙が溢れそうになる、しかし自分で自分に鞭打つような気持で、「江戸の母が呼んでいる」と告げた。できるだけ感情を混えないように、少しでも子供の気をひくような言葉を使わないように、つとめて平静にわかり易く事情を語った。

「……そういうわけで、江戸にいる本当の母があなたに帰って欲しいと願っています、わたしにすれば、これまで育てて来たのだからこれからもそばに置いてお世話をしたい、そしてあなたがりっぱな武士になるゆくすえを拝見したいのですが、……どちらになさいともわたしは云いません、あなたご自身でよく考えて、こうしたい、こうするほうがよいと思うところを云ってごらんなさい、わたしはあなたのお考えどおりにしたいと思いますから」

晋太郎は俯《うつむ》向いたまま身動きもせずに聴いていた、志保の言葉が終ってからも、からだを固くし、拳をきつく握って、……よく見ると破れるほど強く唇を嚙みしめている。

——どう答えるだろう。志保は眼まいのしそうな気持だった、江戸へ帰ると云うか、それともここにいると云うか、ああ。

晋太郎はまだ黙っている、志保は息ぐるしさに耐えられなくなった。すると、そのときお萱が、「……ご門人衆がおいでになりました」と襖《ふすま》の向うから告げた、志保には、救いの手のように思えたので、「……ちょっとご挨拶にいって来ます、よくお考えになって、戻って来たらお返辞を聞かせて下さい」そう云って仏間から出た。……庭へ下りると、ちょうど門人たちがはいって来たところで、八月はじめの強い日光を浴びながら、みんな一斉に志保のほうへ会釈を送った。

「どうかなすったのですか」先にはいって来た庄三郎が、抱えていた書物の包を持ち直しながら問いかけた、「……なんだかお寒そうなごようすにみえますよ、おからだの具合でもお悪いのですか」

「いいえなんでもございませんけれど」志保はそっと頰を押えた、「……急に日の下へ出たので顔色が悪くみえるのでしょうか、今日はお人数が少ないようでございますのね」

「いろいろ故障があって珍らしく小人数です、それに今日は早くしまう筈ですから……」そう云いながら、庄三郎はまじまじとこちらを見て首を傾けた、「やっぱりごようすが違う、いつもとはまるでお顔つきが違いますね、具合がお悪いなら大切になさらぬといけない、どうか構わずおやすみになっていて下さい」

いかにも気遣わしげな、心の籠った云い方だった。志保はわれ知らず縋《すが》りつきたいような衝動に駆られた、逞ましい庄三郎の肩、意志の勁《つよ》そうな眉、豊かな線をもつひき緊《しま》った唇つき、なにもかもが親愛な、温かくじかに心に触れてくる感じだ、――こんなにも自分に近いひとだったのか、そういう気持がぐんと志保をひき寄せるように思えた。

かれらを塾へ送って仏間へ戻ると、晋太郎はさっきの姿勢をそのまま坐っていた。はいっていっても、眼の前へ坐っても、じっと俯向いたきり顔をあげなかった。そして志保がながいこと辛抱づよく待っていると、やがて眼を伏せたままかれは云った。

「晋太郎は江戸へまいります」

「…………」

「江戸へゆくほうがよいと思います」

志保はからだから何かがすっと抜け去るように思った、「そう」と云いたかったが声が出ず、一瞬あたりが暗くなるように感じた。

十七

晋太郎は黙っている志保の気持がわからなかったのだろう、しずかに眼をあげて、どう云ったら自分の考えを伝えられるかと、幼ない頭で言葉を拾い拾いこう続けた。

「本当はここにいたいんです、友達もいるし、いろいろな物があるし、……お萱だって、晋太郎がいなければ寂しがるでしょう、でもそれは、それはわがままだと思います」

えっと志保は面をあげた。

「いつもお母さまはこう仰しゃっていましたね、りっぱな武士になるには、子供のうちから苦しいこと、悲しいことに耐えなければいけない、からだも鍛え心も鍛えなければいけない、……そう仰しゃっていました、本当はここにいたいんですけれど、そんな弱い心に負けてはりっぱな武士になれませんから、……ですから、晋太郎は江戸へまいります」

言葉も足りないし表現も的確ではない、けれどもおのれの好むところを抑えようとする意味はよくわかる、志保はぐっと喉が詰まった。この際になって、自分がまだみれんな考につきまとわれているのに、かれは幼ない身でそれだけの反省をし、けなげにもおのれに克《か》っている。——よくそこに気がついてお呉れだった。志保は抱き緊《し》めてやりたい気持だった。——これまで育ててきた甲斐があった、これなら小松の手へ返しても大丈夫だ、もう悲しんだり失望することはない。

「あなたの云うとおりです」志保はしいて心を鎮めながら頷ずいた、「……辛いこと苦しいことに耐えてゆく、幼ないうちからそういう忍耐をまなぶことが、なにものにも負けない武士のたましいをつくる土台です。よくそこに気がおつきでした。母さまもうれしゅうございますよ」

「本当は……こっちにいたいんですけれどねえ、お母さまだって寂しくなるし、それに……」

「いいえ母さまは寂しくはありません、たとえ寂しくとも、あなたが人にすぐれた武士になって下されば満足です、ただ江戸へいったら、いまの気持を崩さないように、しっかりと心をひきしめて勉強して下さい、まえにもたびたび申上げたように、さむらいというものは……」

云いかけて志保はぴたっと口を噤んだ、襖を明けてお萱が顔をだしたのだ、「どうぞお玄関まで……」と囁やくように云う、なにごとかしらんお萱の顔は紙のように白かった、志保は再び座を立った。……玄関へいってみると、常には見慣れない武士が三人立っていた。一人は以前この塾へも通って来たことのある者で、五浦《いつうら》なにがしとかいい、そののち目附役《めつけやく》になったとか聞いた。

「失礼いたします」五浦なにがしが軽く会釈をして云った、「……塾のほうへ家中の者が集っている筈ですが、何人ほどおりましょうか」

「よくは存じませんが、たしかお十人ほどではなかったでしょうか」

「……十人、そうですか」

かれは伴《つ》れの二人にふり返り、なにかすばやく囁やき交わしたのち、しずかに前へ進み出て云った。

「これにおられるのは江戸公儀の大目附から差遣《つか》わされた方がたです、あなたはご存じのないことでしょうが、塾へ集っている者たちに御不審があって、これから拘引《こういん》しなければならぬのです、場合に依っては争闘が起るかも知れませんから、あらかじめお断わり申して置きます」

「それは、それはあの」志保は自分が蒼白になるのを感じた、「……この家でなく、この家でなく外でお願いできませんでしょうか」

「いや外ではとり逃《に》がす惧《おそ》れがあります、もはやお屋敷まわりに手配りもできていますから、ではごめんを蒙《こうむ》ります」

「お待ち下さい」志保は反射的に立った、「……それではわたくし、ご案内を致しましょう、そのほうがご穏便にまいると存じます」

「たしかですか」公儀大目附の者だという中年の小柄な武士が、するどい眼でこちらを睨んだ、「……まさか逃がす手引きをするようなことはないでしょうな」

「わたくし黒川一民のむすめでございます」

殆んど夢中でそう云った、そしてそのひと言が自分で自分の支えになった。がらがらと何かのむざんに崩壊する音が聞えるようだ、すべてを押し倒し揉み潰す雪崩《なだれ》のように、なにもかもを志保の手から捥《も》ぎ去ってゆく、――だが狼狽してはならない、こうなることはわかっていた、真実をたしかめるためにはいつでも多少の犠牲は必要なのだ、みぐるしいふるまいをしてはならない。震えてくる手足にちからをこめ、そう自分を訓《さと》しながら、志保は先に立って廊下伝いに塾のほうへゆき、しずかに入口の引戸へ手をかけた。

「……ごめんあそばせ」

そう云って返辞を待とうとしたとき、うしろにひき添って来た大目附の者が、志保を押しのけざま引戸を明け、五浦なにがしと共につかつかと中へ踏み込んだ。

「上意である、神妙になされい」

そう叫ぶのと同時に、だだと総立ちになる物音が起り、「みんな逃げろ」「斬ってしまえ」と絶叫の声があがった。志保はああと身をひき裂かれるように呻《うめ》き、どうしようという考えもなく、ただ夢中で明いている戸口から塾の中へはいった、門人たちは一斉に立って刀を抜いた、しかしそれより疾《はや》く、杉田庄三郎がとびだし、両手をひろげてかれらの前に立塞がった。

「刀を置け、なにをうろたえるか、抜いた者は同志を除くぞ」かれの声は塾の四壁へびんと響いた、「……今日あることはかねて期していた筈だ、たとえ捕縄をかけられようと、拘引されて首をはねられようと、われらの志す道には些《いさ》さかのゆるぎもない、生きてこの道を天下に顕彰するのはむつかしいが、われらが死ねばあとへ続く者は必らず出る、大やまとの国びとはあげてわれらのあとへ続くのだ、逃《に》げたり隠れたり、生きのびようなどと考えるのは恥辱だぞ」

肺腑《はいふ》から迸《ほと》ばしり出る叫びだった、みんな蒼白《そうはく》になった面を伏せ、ひきそばめた刀をしずかに下へ置いた。庄三郎は役人たちのほうへ向き直って、まず自分の大剣をさしだしながら云った。

「ごらんの如く、みな慎んで上意をお受け致します、お役目ご苦労に存じます」

「神妙なことだ」幕府大目附の者は庄三郎の刀を受取って、「……本来なれば腰縄をうつべきであるが、一存をもって御藩の役所までさし許すとしましょう、必らず手数をかけぬように」

このあいだに庭へ、十七八人の下役人が集って来ていた、五浦なにがしは部屋の中にあった書物や筆記類を包み、なお門人たちの大剣をまとめて下役の者に預けた。

……すっかり始末ができると、十人の者は左右を警護されて庭へ下りたが、そのときはじめて、庄三郎が志保のほうへ向き直った。

「……ご迷惑をかけました、志保どの」かれはこちらを燃えるような眼で見た、「ながいあいだお世話になりましたが、たぶんこれでもうお眼にかかることはないでしょう、ほかに心残りはありませんが、今年の菊を見られないのが残念です、……では、ご機嫌よう」

志保は全身を耳にしてかれの言葉を聞いた、全身を眼にしてかれを見た。もっと、もっと云って下さい、なにもかも残らず、お心にあることをすっかり仰しゃって下さい、今こそ志保はどんなことでもお聞きします、杉田さま、胸いっぱいにそう叫びたい気持で、火のような庄三郎の眼に見いっていた。……しかし庄三郎はそれで口を閉じ、会釈をしてさっさと歩きだしてしまった。

「……晋太郎」志保は廊下を走った、「晋太郎いらっしゃい」

仏間から子供が出て来た。志保はその手を取って庭へ下り、枝折《しお》り戸まで出て、曳《ひ》かれてゆく青年たちのほうを指さした。

「あの方がたのお姿に礼をなさい、わけはあとで話してあげます、母さまといっしょに、心から礼をするのですよ、さあ……」そして子供の肩に手を当て、いっしょに低く敬礼をしてから、志保はおののく声を絞るようにしてこう云った、「あなたも成長したら、あの方がたのようにりっぱな武士になるのですよ、命を捨てて正しい忠義の道を守りとおす、あなたはあの方がたの跡を継ぐのです、忘れないように、よくよくあのお姿を拝んで置くのですよ」

十八

曇るというほどでもなく晴れもしない、どんよりとものがなしげな秋の日が、朝だというのにまるで昏《く》れ方のような侘《わび》しい光を湛《たた》えている、四五日まえから咲きだした菊のひと枝を剪《き》ろうとして、鋏を手に庭へ下りた志保は、菊畑の前まで来てふと足を止め、そのままなにか忘れ物でもしたように惘然《ぼうぜん》と立ちつくした。

菊はどの株も濃い緑色の厚手の葉をいきおいよくみっしりと重ね、それを押し分けるようにしていっせいに花枝を伸ばしている、今年は季候がおくれたのか、いつもなら見頃なのにまだようやく咲きはじめたばかりで、けれど清高な香気はそれだけ鮮やかに、重たさを感ずるほど密に匂っている、——志保はその香に酔ったような気持で、そのままなおじっと佇《たたず》んでいたが、やがてふと放心したように「鵙《いすか》は松の実だけ喰べる……」と呟やいた、そしてそのこえで我に返った。

「……鶍は松の実を喰べる、なぜこんなことを云いだしたのだろう」そう云ってみてはじめて、いつぞや塾で青年たちに鶍の馳走をしたときのことを、回想していたことに気づいた、「そうだ、あのとき話そうとして忘れていたことを思いだしたのだ、杉田さまが晋太郎を呼べと仰しゃったので、云おうと思ったことを云いだす折がなかった。……鶍は、あのくいちがった嘴《くちばし》を松かさの弁の間へ挿しこんで巧みに実を啄《つい》ばむ、あの肉があんなに美味なのは好んで松の実を喰べるためだ、……そう聞いたことを話そうと思ったのに、とうとう云いだせずにしまった」

庭はずれの垣の外を、城下へ荷を積んでゆくのだろう、四五人の農夫たちが通りかかった、「ああよく匂うな、菊屋敷の菊が咲きだしたぞ」ひとりがそう云うと、老人とみえるひとりが間をおいて、「今年はどこでも遅いだ」と云った、「……陽気がおくれてるだからな、けれどもこういう年は雪が多いもんだ、つまり来年は豊作ということになるだよ」そしてゆったりとした馬の蹄《ひづめ》の音が、道を曲ってしだいに遠く去っていった。

――あの朝もこの菊畑のなかで、垣の外を通る馬の跫音《あしおと》を聞いていたっけ、いつまでも霧の霽《は》れない朝だったが……、志保はふとそのときのことを思いだした。――なんだかひじょうに幸福なことがあるような気持で、露に手を濡らしながら菊を剪《き》っていた、お萱も「たいへん冴えざえとしたお顔つき」だと云って呉れた、そのあとであの主《ぬし》の知れない手紙を受け取ったのだ、正念寺へゆこうと思いきめるまでの、唆《そそ》られるような気持は今でも忘れられない、……あのとき父上のご墓前へいって、手紙の主に会っていたら、……自分の運命はどうなっていたことだろう、ああ、本当に自分は今ごろどういう身の上になっていたことだろう。けれども小松が訪ねて来て、とうと う正念寺へゆくことはできなくなった、そして自分は一生を晋太郎の養育に捧げる決心をしたのだ。

——なにか仕合せなことがあるように思った、あのときの予感は、偶然にではあろうが当った、はじめの幸福は、手にとることもできなかったが、晋太郎をわが子と呼んだ明け昏れの仕合せは、自分のものだった。……正念寺へはゆかなかったが、あの手紙の主も自分の身のまわりから離れなかった、その主が誰であるかというたしかなことは、遂に知る機会がなかったけれど、その人がいつも自分のことを案じ、見まもっていて呉れると思う、あのひそかなよろこびも自分のものだった。……二つのものはこの菊屋敷で成長した、自分は絶えずその成長をみつめて来たが、その二つとも今はもう自分のものではなくなってしまった。

——あの朝のように、自分はまた独りでこの菊畑に立っている、幾春秋《いくはるあき》、自分を慰め、ちからづけて呉れたもの、生き甲斐を与えその日その日を充実させて呉れたもの、それはもう再び此処へは帰って来ない、おそらく永久に帰っては来ないだろう、そして来る秋あき、自分はただ独りでこの菊の咲くのを見るのだ。

そこまで思い続けてきて、志保はふと眼を空へあげた。……去っていった二つの幸福はかえらない、けれどもその二つは、どちらもこの菊屋敷で育ったのである、この家で成長し、この家から出ていった、江戸へ送られたという門人たちの道も、小松の許へ去った晋太郎の道も、まっすぐにこの菊屋敷の門へ、志保の心へと続いているのだ、門人たちは罪死するかも知れないが、跡を継ぐ者によってその道の絶えることはあるまい、晋太郎は自分のさし示した道を逞ましく生きて呉れるだろう、両方ともそれぞれに生きてゆく、……自分は決して独りではないのだ。空をふり仰いだ志保の胸に、新らしい、力づよい感慨がこみあげてきた、そして鋏をとり直し、菊の花枝を剪ろうと身を跼《かが》めたとき、母屋のほうからお萱の呼ぶ明るいこえが聞えてきた。

「……お嬢さま、お髪をおあげ申しましょう、お支度ができましたから」

編集後記

本書『白石城死守』は、昭和四十五年九月に『菊屋敷』という表題で、小社から刊行された短篇集を、収録作品はそのままで、再編集したものです。それぞれの短篇小説の初出は以下の通りです。

「与茂七の帰藩」(昭和十五年五月号「講談倶楽部」発行・講談社)
「豪傑ばやり」(昭和十五年十月号「講談倶楽部」発行・講談社)
「矢押の樋」(昭和十六年三月号「キング」発行・講談社)
「笠折半九郎」(昭和十六年三月号「講談倶楽部」発行・講談社)
「白石城死守」(昭和十八年七月号「富士」発行・講談社)

「菊屋敷」だけは、雑誌掲載ではなく、山本周五郎が手がけた、はじめての書き下ろし中篇小説です。昭和十九年、ほぼ十ヵ月をかけて書き上げたものの、刊行は敗戦直後の昭和二十年十月、「良人《おっと》の笠」と一緒に、「産報《さんぽう》文庫」(講談社刊)のシリーズの一冊として、ということになりました。

「菊屋敷」の書き下ろしについて、山本周五郎は、
「いままで、ぼくが書き下ろしで発表したのは講談社から戦争中に出した『菊屋敷』があるだけだ。しかし、あれも脱稿までに一年はかかったからね」
と言ったことが、新潮社版『山本周五郎全集』第三巻の、木村久邇典《くにのり》の解説の中に書かれています。

なお、「白石城死守」は、昭和二十年三月に八雲書店が刊行した短篇集『夏草戦記』に収録された際に、「さるすべり」と改題されていますが、本書では、底本に従い原題で表記いたしました。

昭和十五年から、十九年にかけての山本周五郎は、年齢にすると、三十七歳から四十一歳、「日本婦道記」シリーズはじめ、いわゆる周五郎ぶしと言われる好短篇をたくさん書いた時期です。

なお、「良人の笠」は、「萱笠《すげがさ》」と改題されて、『日本婦道記』に収録されています。

（文庫出版部）

山本周五郎《やまもとしゅうごろう》

1903年6月22日、山梨県に生まれる。本名・清水三十六《さとむ》。1907年、東京に転居。1910年、横浜市に転居。1916年、小学校卒業後、東京、木挽《こびき》町《ちょう》(現・銀座)の質屋・山本周五郎商店に奉公、後に筆名としてその名を借りることになる。店主の山本周五郎の庇護のもと、同人誌などに小説を書き始める。1923年、関東大震災により山本周五郎商店が罹災《りさい》し、いったん解散となり、豊岡、神戸と居を移すが、翌年、ふたたび上京する。1926年、「文藝春秋」に『須磨寺附近』を発表し、文壇デビュー。その後不遇の時代が続くが、1932年、雑誌「キング」に初の大人向け小説となる『だだら団兵衛』を発表、以降も同誌などにたびたび寄稿し、時代小説の分野で認められる。1942年、雑誌「婦人倶楽部」に『日本婦道記』の連載を開始。1943年に同作で第十七回直木賞に推されるがこれを辞退、以降すべての賞を辞退した。代表的な著書に、『正雪記』(1957)、『樅ノ木は残った』(1958)、『赤ひげ診療譚』(1959)、『五瓣の椿』(1959)、『青べか物語』(1961)、『季節のない街』(1962)、『さぶ』(1963)、『ながい坂』(1966)など、数多くの名作を発表した。1967年2月14日、肝炎と心臓衰弱のため仕事場にしていた横浜にある旅館「間門園《まかどえん》」で逝去。

昭和40年（1965年）、横浜の旅館「間門園」の
仕事場にて。（講談社写真部撮影）

本書は、一九七〇年に小社より刊行された単行本『菊屋敷』を改題し、文庫版にしました。旧字・旧仮名遣いは、一部を除き、新字・新仮名におきかえています。

作中に、現代では不適切とされる表現がありますが、作品の書かれた当時の背景や作者の意図を正確に伝えるため、当時の表現を使用しております。

白石城死守《しろいしじょうししゅ》

山本周五郎《やまもとしゅうごろう》

講談社文庫

定価はカバーに
表示してあります

2018年2月15日第1刷発行
2019年3月20日第6刷発行

発行者――渡瀬昌彦
発行所――株式会社 講談社
東京都文京区音羽2-12-21 〒112-8001
電話 出版 (03) 5395-3510
販売 (03) 5395-5817
業務 (03) 5395-3615

Printed in Japan

デザイン―菊地信義
本文データ制作―講談社デジタル製作
印刷――豊国印刷株式会社
製本――株式会社国宝社

ISBN978-4-06-293849-5

講談社文庫刊行の辞

二十一世紀の到来を目睫に望みながら、われわれはいま、人類史上かつて例を見ない巨大な転換期をむかえようとしている。

世界も、日本も、激動の予兆に対する期待とおののきを内に蔵して、未知の時代に歩み入ろうとしている。このときにあたり、創業の人野間清治の「ナショナル・エデュケイター」への志を現代に甦らせようと意図して、われわれはここに古今の文芸作品はいうまでもなく、ひろく人文・社会・自然の諸科学から東西の名著を網羅する、新しい綜合文庫の発刊を決意した。

激動の転換期はまた断絶の時代である。われわれは戦後二十五年間の出版文化のありかたへの深い反省をこめて、この断絶の時代にあえて人間的な持続を求めようとする。いたずらに浮薄な商業主義のあだ花を追い求めることなく、長期にわたって良書に生命をあたえようとつとめるところにしか、今後の出版文化の真の繁栄はあり得ないと信じるからである。

同時にわれわれはこの綜合文庫の刊行を通じて、人文・社会・自然の諸科学が、結局人間の学にほかならないことを立証しようと願っている。かつて知識とは、「汝自身を知る」ことにつきていた。現代社会の瑣末な情報の氾濫のなかから、力強い知識の源泉を掘り起し、技術文明のただなかに、生きた人間の姿を復活させること。それこそわれわれの切なる希求である。

われわれは権威に盲従せず、俗流に媚びることなく、渾然一体となって日本の「草の根」をかたちづくる若く新しい世代の人々に、心をこめてこの新しい綜合文庫をおくり届けたい。それは知識の泉であるとともに感受性のふるさとであり、もっとも有機的に組織され、社会に開かれた万人のための大学をめざしている。大方の支援と協力を衷心より切望してやまない。

一九七一年七月

野間省一

柳田理科雄 スター・ウォーズ空想科学読本
矢野 隆 我が名は秀秋
夢枕 獏 大江戸釣客伝(上)(下)
柳 美里 家族シネマ
柳 美里 オンエア(上)(下)
柳 美里 ファミリー・シークレット
唯川 恵 雨 心中
由良秀之 司法記者
吉村 昭 私の好きな悪い癖
吉村 昭 吉村昭の平家物語
吉村 昭 暁の旅人
吉村 昭 新装版 白い航跡(上)(下)
吉村 昭 新装版 海も暮れきる
吉村 昭 新装版 間宮林蔵
吉村 昭 新装版 赤い人
吉村 昭 新装版 落日の宴(上)(下)
吉村 昭 白い遠景
吉田ルイ子 ハーレムの熱い日々
吉川英明 新装版 父 吉川英治

吉村達也 「初恋の湯」殺人事件
吉村葉子 お金がなくても平気なフランス人 お金があっても不安な日本人
吉村葉子 激しく家庭的なフランス人 愛し足りない日本人
吉村葉子 お金をかけずに食を楽しむフランス人 お金をかけても満足できない日本人
米原万里 ロシアは今日も荒れ模様
横山秀夫 半落ち
横山秀夫 出口のない海
吉田戦車 吉田自転車
吉田戦車 吉田電車
吉田戦車 なめこインサマー
吉田戦車 吉田観覧車
吉田修一 日曜日たち
吉田修一 ランドマーク
吉本隆明 真贋
吉本隆明 フランシス子へ
横関 大 再会
横関 大 グッバイ・ヒーロー
横関 大 チェインギャングは忘れない
横関 大 沈黙のエール

横関 大 ルパンの娘
横関 大 スマイルメイカー
有限会社養老研究所 写真・関 由香 まる文庫
吉川永青 戯史三國志 我が糸は誰を操る
吉川永青 戯史三國志 我が槍は覇道の翼
吉川永青 戯史三國志 我が土は何を育む
吉川永青 誉れの赤
吉川永青 裏関ヶ原
好村兼一 兜割源三郎〈玄冶店密命始末〉
吉村龍一 光る牙
吉村龍一 隠された牙〈森林保護官 樋口孝也の事件簿〉
吉田伸弥 天皇への道
吉川トリコ ぶらりぶらこの恋
吉川トリコ ミドリのミ
吉川英梨 波動〈新東京水上警察〉
吉川英梨 烈渦〈新東京水上警察〉
吉川英梨 朽《く》海《かい》の城〈新東京水上警察〉
吉川英梨 海底の道化師〈新東京水上警察〉
薬丸岳／竹吉優輔／高野文緒／横関大／遠藤武文／翔田寛 デッド・オア・アライヴ

講談社文庫　目録

輪渡颯介　祟《たた》り婿《むこ》　古道具屋　皆塵堂
輪渡颯介　影憑《つ》き　古道具屋　皆塵堂
輪渡颯介　夢の猫　古道具屋　皆塵堂
輪渡颯介　溝猫《どぶねこ》長屋　祠之怪《ほこらのかい》
若杉　冽　原発ホワイトアウト
綿矢りさ　ウォーク・イン・クローゼット

2018年12月15日現在